Fan
ファン文庫

蛍石アクアリウム

著　音はつき

マイナビ出版

CONTENTS

Hotaru Ishi Aquarium
Oto Hatsuki

〔第一章〕ひとりぼっちのわたしたち

「みなさーん！　こんにちはー！」

ラグーンシアター。それは、イルカやアシカたちがパフォーマンスを披露する、半円形の大きなプール。それを囲むように、客席が階段状に配置されている。

高い吹き抜けの天井に、明るい声が響く。ざぷん、ざぷんと水が大きく波打つ音と、お客さんたちの期待を含むざわめきに、陽気な音楽。

時折水面に姿を現すイルカの影に、シアター内はわっと沸き立つ。

今日は、大型連休の初日。

たくさんのお客さんで、会場内は満席だ。

マイクを持つ手にぎゅっと力を入れ直し、改めて背筋を伸ばす。

「それでは、蛍石《ほたるいし》水族館のパフォーマンスショーのスタートです！」

タイミングを合わせたように、バンドウイルカのクウが軽々と宙を舞った。

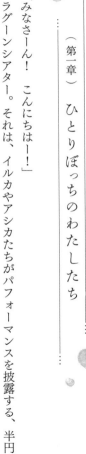

「すごかったねえ」

「かわいかった！　もう一回見たい！」

「本当にイルカって頭がいいのね」

「どれだけトレーニングをしてるんだろう」

感想を口にしながら会場から出ていくお客さんたちを、「ありがとうございました」と笑顔で見送る。

さきほどのショーが大成功だったことは一目瞭然。みんな満足そうな表情をしている。

海沿いの高台に立つ、蛍石水族館。

国内でも有数の規模を誇るこの水族館には、様々な海の生き物たちが暮らしている。

週末や長期休みともなると、大型駐車場が満車になるほどの人気施設だ。

一番の見どころは、かわいくて賢いアシカやイルカたちによるパフォーマンスショー。

一日に、三回から四回行われている。

今は、その最終回が終わったところだった。

ふと、目の前にひとりの女の子が立ち止まっているのに気付く。小学三年生くらいだろうか。その子はわたしに「あの……」と声をかける。

「どうしたの？」

迷子と呼ぶには、あまりにしっかりしている。

その子はきゅっと両手を胸の前で握ると、意を決したようにわたしを見上げた。

「あの！　どうしたらイルカトレーナーになれますか？」

キラキラとした、希望に満ちた瞳。

純粋無垢で、将来の可能性が限りなく広がっているその姿に、わたしは思わず目を細めた。

心の奥をずきりと刺した痛みには、気付かないふりをしながら。

「イルカトレーナーになりたいの？」

体を屈《かが》めて、その子と視線の高さを合わせる。

「はいっ！　将来の夢なんです！」

迷いなく答えるまっすぐさに、わたしはゆっくりと微笑んだ。

「生き物たちを愛する気持ちを、知りたいという想いを大事にしていってね。そうすればきっと、夢は叶うよ」

わたしの言葉に、その子はさらに目を輝かせる。するとその後ろから、お母さんらしき人が小走りでやって来た。

「栞《しおり》、先に出たら迷子になっちゃうよ」

赤ちゃんを抱っこしているお母さんはわたしに気付くと、「すみません」と申し訳なさそうに頭を下げる。

「いえいえ。すごく素敵な夢を教えてくれていたんですよ」

「この子、水族館が大好きで……。お話を聞いてくださってありがとうございました」

お母さんが愛おしげに、女の子の頭を撫でる。

その子は嬉しそうに肩を上げてから、わたしに向かってひらひらと手を振る。

「お姉さん、バイバイ」

「バイバイ、楽しんでね」

もう一度会釈したお母さんと女の子を見送って、わたしは小さく息を吐く。

――どうしたらイルカトレーナーになれますか？

「そんなの、わたしも知りたいよ……」

小さく呟き、ドーム型に作られたラグーンシアターの天井を仰ぐ。

水原《みずはら》芽衣《めい》、二十七歳。

ここ、蛍石水族館で働く〝運営スタッフ〟だ。

「今日も一日終わったぁ〜……」

閉館後、お客さんがひとりもいない館内で、ゆっくりと水槽を眺めていく。

バックヤードには何人かスタッフたちが残っているものの、館内はひっそりと静まり返っている。

最低限まで照明が落とされた、ここで働く人しか入ることの出来ない空間。そこをゆったりとひとりで楽しむのが、退勤後のわたしの日課だ。

今日という一日を同じように終えた生き物たちも、どこかリラックスして見える。

もしかしたら彼らも、昼間はお客さんの視線を気にしながら、期待に応えようとしていたり、いいところを見せようとしていたり、場合によっては見られたくないと必死に身を隠したりしながら過ごしているのかも。

無数の視線がない夜は、生き物たちにとって休息の時間だ。

「みんなもお疲れ様」

蛍石水族館は、地下一階から地上二階建ての建物だ。

そのちょうど中央にあるのが、自然の海を再現した大水槽エリア。水深八メートルある大水槽には、二十種類以上の生き物たちが暮らしている。五万尾のイワシやウミガメ、サメにエイなど。

そんな彼らに、「お疲れさま」と自然と労《ねぎら》いの言葉が落ちる。だけどそれはきっと、自分自身にかけているものでもあったんだと思う。

足元の群青《ぐんじょう》色のカーペットに、水面の光がやさしく揺らめく。水槽の分厚いアクリル板で隔たれた、水中と陸の世界。ふたつの世界が混在するこの空間はとても静かで、本当に水底にいるみたいだ。

ちゃぷり、ちゃぷり。

ゆらり、ゆらり。

大水槽前には、三段ほどの階段状になっている見学スペースがあり、床からとはまた違った角度で水槽を眺められるようになっている。わたしはその一段目に腰を下ろし、水槽を見上げてぼんやりとした。

閉館後の水族館を独り占め出来るのは、ここで働いている人の特権だと思う。

水の中を悠々と泳ぐウミガメを、じっと視線で追いかける。

きゅっと集まったイワシの群れ。その中をウミガメが横切ると、布に鋏《はさみ》を入れたようにピーッとふたつに分かれていく。そしてやがて、合流する。

「将来の夢、かぁ……」

昼間、あの女の子にされた質問を思い返す。

わたしには、夢がある。それこそ小学生の頃からの、長年の夢。

だけどこうして大人になった今でも、それを叶えることが出来ていない。

〝将来〟って、一体いつのことを言うんだろう。何歳まで、その言葉を使うことが許されるんだろう。子供の頃のわたしにとって、今はもうすでに〝将来〟になってしまっているんじゃないか。

「イルカトレーナーになれる日なんて、来るのかなぁ……」

そう言葉にしてみても、もちろん誰も答えてはくれない。

魚たちは悠々と、水の中を泳いでいく。

「あれ、芽衣さん？」

誰もいないはずの館内で名前を呼ばれ、わたしは慌てて立ち上がった。

「やっぱりそうだ。どうしたんですか、こんなところで」

小走りにやって来たのは、ここでの先輩である佐伯《さえき》亮太《りょうた》。

わたしより少し背が高く、柔らかなブラウンの髪が爽やかな彼は、同僚やお客さん、そして生き物たちからも大人気だ。

「えっと、ちょっと気になることがありまして……。佐伯さんは？」

「ずっと言ってますけど、敬語はやめてくださいよ。それから、さん付けもなし！　約束したじゃないですか」

わざと顔をしかめる彼に、わたしは小さく息を吐く。

佐伯くんは、大学時代のサークルの後輩だ。ひとつ年下の彼は、新卒で蛍石水族館に飼育スタッフとして就職した。一方のわたしは、半年前に中途採用でここへやって来た。つまり、大学の後輩だった彼は、職場ではわたしの先輩ということになる。

「そんなことよりも！」

佐伯くんはぱっと顔を輝かせると、親指を立てて笑う。

「今日のショーも最高でしたね！　イルカたちのテンションも高かったし、お客さんとみんなで一体になった感じで！」

屈託なく笑う彼に、わたしも笑顔を作る。

いつも明るくてまっすぐな佐伯くん。彼は太陽の光を浴びて伸びる向日葵《ひまわり》のようで、その姿は眩《まぶ》しくて仕方がない。

「佐伯くんやイルカたちが頑張ったからだよ」

わたしがそう返すと、佐伯くんはにっと白い歯を見せる。

「芽衣さんもでしょ」

「え……？」

「アナウンスがあるから、会場の熱気が上がっていく。芽衣さんの言葉をきっかけに、パフォーマンスショーは始まるんだから」

「そんな大袈裟だよ。わたし、何もしてないし」

「大袈裟なんかじゃないです。イルカとトレーナーだけじゃ、ショーは成り立たないんだから」

こんなことを、さらっと言ってしまえる佐伯くん。

そんな彼の胸元に光るのは、イルカトレーナーの証であるシルバーのホイッスルだ。

わたしがずっと憧れて、欲しくて欲しくてたまらなくて、だけどどう頑張っても手が届かない特別なもの。

「そういえば、大学のサークルのみんなで集まろうって話があるんですけど。芽衣さんはいつなら平気ですか？」

話を変えた佐伯くんに、わたしはぱっとホイッスルから視線を外す。

いけない、ついじっと凝視してしまった。

大学時代、佐伯くんとわたしは特別仲が良かったわけじゃない。それでも、裏表がなく誰とでも仲良くなれる佐伯くんのことを、かわいい後輩だとは思っていた。まさか、こうして同じ職場で働くようになるなんて想像もしていなかったけれど。しかも、先輩後輩という立場が逆転する形で。

「えーっと……、ちょっとまだ分かんないかな」

正直に言えば、学生時代のみんなに会うのは気が進まない。佐伯くんも行くのならば、なおさらだ。

海洋大学を卒業したあと、畑違いの不動産会社に就職したのは周りではわたしひとり。そのことに引け目がある。しかも、イルカトレーナーになるという夢をあきらめきれずこの世界に戻ってきて、かつ飼育スタッフにもなれていないなんて。

だけど彼はわたしの逡巡《しゅんじゅん》には微塵《みじん》も気付いていないのか、「ですよね、俺たちシフト出るの月末だもんなぁ」なんて見当違いなことを言っている。

いつも人気者の彼は、きっと想像もしていない。わたしが、彼を苦手だと思うようになってしまったということを。

腕時計を確認して、荷物を持って立ち上がる。もう少しゆっくりしていたかったけど、佐伯くんが立ち去る気配がなかったから。

「わたし、そろそろ帰るね」

「俺は明日出張なので、またあさって。お疲れ様です」

まだユニフォーム姿の佐伯くん。退勤時刻を過ぎてからも、イルカたちとコミュニケーションを取っていたのかもしれない。

笑顔の佐伯くんに「またね」と右手を小さく挙げる。

きっと多分、上手に笑えていたと思う。

くるりと彼に背中を向け、小さくため息を吐き出した。

こうやって、作り笑いばかりがうまくなっていく。


「お疲れ様、わたし」

ぷしゅりとプルタブを開け缶ビールを傾けると、喉元を爽快感が駆けていく。

それから「はあ〜っ！」と息を吐き出した。

蛍石水族館から、自転車で約二十分。

再就職を機に、実家を出てアパートでひとり暮らしを始めた。

「古いアパートだけど、窓から海が見えるのがやっぱりいいんだよなぁ」

開け放した窓から入る潮風を、胸いっぱいに吸いこむ。

夜である今は、海がある方向は真っ暗だ。それでも朝はすごく綺麗で、早起きするのが日々の楽しみでもある。

おかげでここに引っ越してきてからは、一度も寝坊したことがない。休日だって、気付いたら昼近く……なんてこともない。以前の職場に勤めていた頃の休日は、ほぼそんな感じだったのに。

「家賃も安いし、本当いいところが見つかったよね」

この家での生活も、もう半年になる。最初は不便だと思った小さなキッチンでの料理や、建て付けの悪い窓の鍵の開け閉めも、今ではすっかりうまくなった。

不安だったひとり暮らしも、始めてみると意外と気楽で合っているみたい。

そのとき、ベッドの上のスマホが通知音を鳴らした。友人の詩葉《うたは》からのメッセージだ。

『芽衣、おつかれー。そろそろ会わない？　来月あたりどう？』

詩葉とは高校時代からの付き合いだ。アパレル会社に勤務している彼女とは、お互いにシフト制のためなかなか休みが合わない。さらに詩葉が住んでいるところまでは、ここから電車で一時間半ほどかかるので、引っ越ししてからは一度も会えていなかった。

『わたしも会いたいと思ってたんだ。まだ休み希望出せるから、いつ頃がいいか教えて』

そう返すと、すぐにスケジュールの候補日が送られてきた。本当に、声でおしゃべりしているのと変わらないくらいのテンポ感だ。

詩葉は今、電車の中。会社から自宅へ帰る途中とのこと。終電近くまで働いていて大変だと思うけれど、本人は仕事がとても楽しいらしい。

『芽衣の方はどう？　だいぶ慣れた？』

詩葉からの何気ない質問に、「うーん……」とひとり唸ってしまう。

再就職してから半年。業務自体は慣れてきたし、流れなども分かるようになってきた。とは言っても、希望の仕事が出来ているわけではないし、正直言うと人間関係もかなり微妙。

それでも仕事で疲れている詩葉に、わざわざメッセージで心配させるようなことを言うのは気が引けて、『だいぶ慣れてきた！』と当たり障りのない言葉を返す。

小学校でも中学でも、卒業アルバムの将来の夢の欄にはイルカトレーナーと書いた。夢を叶えるために、スイミングスクールも頑張ったし、いろいろな本を読んで勉強をした。

高校に入ってもその夢が消えることはなく、海洋大学に進学。しかし、就職活動は散々な結果だった。

『よかった。最初に芽衣が不動産会社の営業やるって聞いたときは、耳を疑ったもん』

その返信に、就活時期の苦い記憶が蘇る。

『あの頃は、とにかく就職しなきゃってことで頭がいっぱいだったからね』

改めて思い出しても、本当に地獄みたいな日々だった。

イルカトレーナーになれると信じていたのに、現実は残酷だった。

もともと、飼育スタッフの募集はそう多くは出ない。それでもなぜか、自分は大丈夫だと、あの頃は根拠のない自信があった。

小さい頃から、イルカトレーナーになる未来だけを描いていたから。

だからこそ、新規の職員募集をしているすべての水族館から、飼育スタッフとしての不採用通知を受け取ったとき、わたしの中では何かが壊れてしまったんだと思う。

それでも時間は止まってくれない。

春が来たらわたしは大学を卒業して、生きていくために働かなきゃならない。

正直に言えば、そこからの就職活動についてはほぼ記憶がない。

ただがむしゃらに、色々な企業の求人に応募していった。

『だけど芽衣が働いてた会社、かなりきつそうだったよね』

『どこもあんなものだと思ってたけど、そうじゃないんだなって。再就職してから知ったよ』

テンポよく進むメッセージを片手に、開封していたポテトチップスをぱりぱりと齧《かじ》る。

『会うたびに芽衣がやつれてくんだもん。わたしがどれだけ心配したか』

『なんだか懐かしいね』

入社して最初の課題は『新築の家を売る』という至極シンプルなものだった。街中にぽんと放り出され、道行く人々に「マイホームはいかがですか？」と声をかける。もちろん声をかけるだけではだめだ。きちんと、契約を取ってこなければならない。

週単位でのノルマがあり、達成出来なければ厳しい叱責を上司から受け、反省文を提出する。

だけど家を買うという大きな決断をする人なんて、そう頻繁に現れるものではない。そのはずなのに、同期や先輩たちはしっかりと結果を残す。

ノルマを達成出来なかったわたしは上司から「役立たず」「給料泥棒」と呼ばれ、二年働いた末に電車の中で数度倒れ、限界を感じて退職をした。

『だけど、ほっとしたんだよ。芽衣が水族館で働くって聞いて』

『え……？』

『やっぱり芽衣は、水族館が好きなんだなって。芽衣がいるべき場所は、そこなんだなって』

退職してから一年弱、わたしは実家でゆっくりと過ごした。両親には申し訳なかったけれど、「人生にはそういう時期もある」という親の言葉に甘えさせてもらった。

最初は本当に何も考えられなくて、先のことなんて想像も出来なかった。

だけどしばらくすると、このままじゃだめだと思い始めた。

次に働くのは、情熱が持てるところでなければいけない。そうじゃなきゃ、きっとまた同じことを繰り返してしまう。

そうして改めて自分自身と向き合ったときに、わたしは痛感した。

やっぱり、幼い頃からの夢を諦めきれない、と。

「運営スタッフだから、イルカトレーナーには程遠いけどね……」

メッセージには乗せず、ひとりでぽつんと呟く。

少しでも、イルカの近くで働きたい。少しでも、その夢に近付きたい。

そんなとき、蛍石水族館のスタッフ募集を知った。蛍石水族館では、大きくふたつの部署に分けられる。ひとつは、水族館の運営を担う部門。そしてもうひとつが、生き物たちに直接関わる飼育部門。それぞれの部門は、さらに細かく枝分かれしている。

募集が出ていたのは、その運営部門のスタッフだった。

お客さんの案内や、館内のイベント企画やフライヤーの制作、受付業務に館内アナウンスなど、幅広く様々な業務を担当する。

生き物と直接関わる飼育スタッフではないが、いつか人員が必要になったら異動出来るかもしれないという望みを持って、再就職を決意した。今のところ、そんな気配は全くないけれど。

『それで、あのイケメンの後輩くんはどうなの?』

『ああ、佐伯くんね……』

詩葉とは、大学は別のところに進学した。そのため、佐伯くんと彼女に面識はない。

それでも友人である詩葉には、再就職先に大学時代の後輩がいたという話はしてあった。

『相変わらず、大人気?』

『うん。本当、大人気』

そう返しながら、はあ、とため息が落ちる。

佐伯くんに対しての感情は、言葉では簡単に言い表せない。ただ再会出来て嬉しいとか、そういうポジティブな感情でないことは確かだ。

親しみやすい整った顔立ちと、子犬のように人懐っこい性格。同僚や生き物たちはもちろん、お客さんたちからも絶大な人気を誇る、イルカトレーナーの佐伯くん。

学生時代、彼を相手に夢を追うことの大切さをお酒の席で滔々《とうとう》と語ったことがあるのを思い出す。

あんなに偉そうなことを言っておいて、今じゃ彼は、わたしの欲しいものをすべて手にした〝先輩〟だ。

『よかったね、知り合いがいると心強いでしょ』

詩葉には、佐伯くんに対するネガティブな気持ちは伝えていなかった。

彼女はわたしにとって、本当に大切な友人だ。それでも、なんでもかんでも打ち明けるわけじゃない。

佐伯くんに対する感情は、不甲斐《ふがい》ない自身への情けなさの表れでもある。仕事にやりがいを感じ充実した日々を過ごす詩葉に、惨めな自分の姿を見せる勇気はなかった。詩葉がわたしのことを、そんな目で見たりしないと分かってはいても。

『そうだね』

再び当たり障りのない返事をしながら、本当は真逆だけど、とまたため息を吐く。

正直、佐伯くんと一緒のときは、仕事も色々とやりづらい。職場では向こうの方が先輩だけど、敬語を使わないでほしいとか、さん付けは禁止だとか言われるし。

彼の中では、わたしたちの関係は学生時代の頃と変わらないものなのかもしれない。

出勤初日に館内を案内してくれたときだって、先輩ぶったり偉ぶったりすることもなく、一貫して再会を喜ぶ後輩の顔をしていた。

「悪い子じゃないのは分かってるんだけどね……」

むしろ、佐伯くんは多分すごくいい子だ。

優しくて、穏やかで、前向きで、ひたむきで。

だからこそ、自分がこうして一方的にネガティブな感情を抱いていることに申し訳なさを感じてしまうこともある。

再びため息が出そうになっていることに気付き、缶ビールで喉の奥へと流し込む。

「こんなことばっかり考えてたら、幸せ逃げちゃうよね」

そうして、切り替えるように詩葉へとメッセージを送った。

『詩葉、今度うちの水族館に遊びにおいでよ。すごく素敵な場所だから』

『うん、そのうちね。じゃあ電車降りるから、またね』

『気を付けてね。おやすみ』

やりとりを終えたスマホを机の上に置き、缶ビールを片手に窓の向こうを見る。

真っ暗な景色の中、潮の香りがほんのりと鼻先をかすめていった。

鋏で画用紙を切る、ジョキジョキという音が好きだ。その音と共に手を動かしていると、余計な雑念も一緒に切り落とされて、その作業に集中していける感覚が心地よいから。

「あら、水原さんずいぶんと早いじゃない。今日、遅番じゃなかった？」

いつもより早く水族館に着いたわたしは、事務所で作業を始めていた。

来週、小学生が遠足でここにやって来ることになっている。彼らが楽しみながら生き物たちのことを知れるよう、ポップでかわいらしい展示物を作ろうと思っていたのだ。

ちょうど事務室には誰もおらず、わたしは目の前の作業に没頭していた。そんなところにベテランスタッフの小林《こばやし》さんがやって来たのだ。

「お、お疲れ様ですっ……！」

慌てて立ち上がり礼をすると、小林さんは眉間にしわを寄せてあしらうように片手をひらひらとさせる。

「入って半年経つのに、相変わらず堅い堅い」

ふうーっと息を吐きながら、首を動かしコキコキと音を立てる小林さんに、わたしは「あの、すみません……」と小さく言ってから椅子に座り直した。

四十代後半の小林さんは、蛍石水族館に二十年以上務めるベテランの運営スタッフだ。広報関連から事務作業まで、「困ったら小林さんへ」と言われるほど幅広くカバーしている。飼育スタッフではないものの、生き物たちの状態や性格まで事細かに把握していて、館長も小林さんには信頼を寄せていると聞いた。

みんなから頼られる姉御肌《あねごはだ》の小林さんは、ざっくばらんな雰囲気で、前の職場で叩きこまれたわたしの態度に、いつも「堅苦しい」と眉根を寄せている。

「さて、お茶でも淹れるかな。水原さんも飲む？」

「あっ、あの、いえ！　あと少しで始業時刻なので、お気持ちだけいただきます。ありがとうございます」

アザラシ柄のマグカップに緑茶のティーバッグを入れた小林さんは、はぁーっと息を吐き出しながら「毎日そんなんで、疲れないの？」とポットのスイッチを押した。トポトポと、お湯がマグカップへ落ちていく。

「え……？　えっと……、あの……」

なんと答えるのが正解か分からず、わたしは俯《うつむ》く。

入社から半年。わたしはまだ、この職場に馴染めていない。これだけの時間が経っても馴染めないのだから、ずっとこのままかもしれないと不安になることもしばしばだ。

蛍石水族館で働いている人たちは、みんなとてもいい人ばかり。

前の職場はいつもピリピリと空気が張り詰めていたので、アットホームでフレンドリーな蛍石水族館の雰囲気にまだ慣れずにいる。ここではどんな風に振る舞うのが正しいか分からないまま、時間だけが経過してしまっていた。

「すみません……」

「謝る必要ないでしょ。だけどもうちょっと、気楽にしたら？」

複雑な気持ちを抱えつつも、変に構えずに話が出来る相手は、悔しいことに佐伯くんひとりだけ。

生き物たち相手には自然に言葉も出るけれど、それに返事が来ることは当然ながらない。

決してそれがつらくて転職しようなどとは思ってはいないものの、たまに孤独を感じるのは事実だ。

「うまくやれないな……」

鋏を手にぽつりと呟く。

大学の頃までは、もっとみんなと楽しく過ごせていたのに。

初対面の人でも、年齢が離れた相手でも、和やかで楽しい雰囲気を作ることが出来た。

だけど就職をした前の職場で、社会人としてのマナーや態度を学び直すことになった。

持ち前の穏やかさなんて不要でしかなくて、とにかく相手を立てて自分を下げて、ペコペコと頭も下げて。

同期の中には、礼儀とユーモアをうまく使い分けている子たちも多くいた。不器用なわたしはそれが出来ず、本来の自分がどういう人間だったのかが分からなくなってしまっていた。

「小林さんっ！」

大きな声と共に、ガチャンッと勢いよく事務室の扉が開く。驚いた小林さんのマグカップからは熱いお茶が飛び出たのか「あつっ！」という声が事務所に響いた。

「なに、そんな慌てて」

数人の飼育スタッフたちが、事務室に駆け込んでくる。みんな、魚類担当の人たちだ。

「濱崎港《はまさきこう》から連絡が入ったんです」

濱崎港というのは、蛍石水族館からほど近い漁港だ。多くの水族館は、漁師さんと連携を取っていることが多い。

研究や展示のために漁に同行させてもらったり、珍しい魚が網にかかったときには、譲ってもらって水族館で展示することもある。

生き物が持っている本来の能力や魅力をお客さんに知ってもらい、楽しんでもらうこと、まだ解明されていない彼らの生態を研究すること。それらを目的として、水族館のスタッフたちは愛情を持って生き物たちを飼育している。

先月は、網にかかった大きなマンボウがやって来た。傷ができてしまっていたので、現在はバックヤードで治療中。回復したら、表の水槽で展示することになっている。

「今朝、小型のジンベエザメが網にかかったらしくて」

「ええっ、ジンベエザメ!?」

小林さんが大きな声と共にマグカップを棚に置く。

ジンベエザメは、世界最大の魚類でサメの仲間に分類される。サメとは言っても性格は温厚で、主食もプランクトンや小魚、海藻など。ゆったりと泳ぐその姿は、鋭い牙を持つサメというよりは、クジラのように見られることが多い。

国内でも数えるほどの水族館でしか飼育されていないこともあり、最近、注目の高まっている生き物だ。

そんなジンベエザメが、もしかしたら蛍石水族館に？

意図せず、気持ちが高揚していく。

「それで？　もう確認は終わったの？」

「今、チーフたちが活魚車で港に向かってます！」

活魚車というのは、魚や海の生き物たちを運ぶトラックのことだ。

颯爽《さっそう》とジャンパーを羽織った小林さんが、他のスタッフたちと事務所を出ていこうとする。

「あのっ、わたしは何を……」

思わず立ち上がって声をかける。小林さんはちらりとこちらを振り向くと「水原さんはいつも通りの業務をしっかりやって！」とだけ言い、ドアの向こうへと消えていった。

ぽつんと残された、ひとりきりの事務所。

さっきまでの慌ただしさが嘘のように、しん、と静寂が広がっていく。

「いつも通り、か……」

わたしがイルカトレーナーだったら、こんなときに一緒に現場に駆け付けられたのだろうか。

わたしが頼りになるスタッフだったら、「水原さんも来て！」と言ってもらえたのかな。

考えても仕方のないことが、ぐるぐると頭を巡る。

蚊帳《かや》の外、という言葉がいくつもいくつも浮かんでくる。

「わたしはわたしのやることを」

目の奥が熱くなったわたしは、上を向いて息を止めると、両手で顔をぱんっと叩いた。

「頑張ろう！　大丈夫！」

落ち込んでいる暇はない。

今日だってこの場所には、たくさんのお客さんが訪れるのだから。


閉館作業が終わり、タイムカードを切ったあと。

いつもなら館内をゆったりと歩いてまわるところ、早々に水族館を出た。向かった先は、蛍石水族館の敷地内に確保してある、海上イケスだ。

通常、水族館のバックヤードにはたくさんの予備水槽がある。体調が悪い、怪我をしているなど、治療が必要な生き物たちはそこで様子を見る。

しかし、ジンベエザメのように大きな生き物は、こちらのイケスで様子を見ることになっていた。

夜のイケス、灯されたライトの下、獣医の先生や小林さんたちが集まっている。

「港にいたときは、状態もよかったんですが」

「生き物だからね、突然容態が変わることもあるよ」

「もしかしたら、厳しいかもしれない」

物陰に隠れ、様子をそっと見る。

ここからはジンベエザメの姿は確認できないけれど、あまりいい状態ではなさそうだ。

「そんな……」

ただ泳いでいただけなのに、漁の網に引っかかって。

自分の生活圏ではない陸の上にあげられて、知らない場所に運ばれて。

薄暗くて狭いイケスの中で、ひとり弱っていってしまうなんて。

ジンベエザメの様子を直接見たいと思っても、小林さんたちに邪魔者扱いされるのではないかという気持ちを拭えず、出ていくことが出来ない。

息を潜めて見ているうち、ひとり、またひとりとイケスから離れていく。

腕時計を見れば、午後の十一時を回っている。そうして最後に残っていたスタッフがその場所をあとにしたのを見送って、わたしはそっとイケスに歩みを進めた。

「ジンベエさん……」

　そこには、水面近くでじっとしているジンベエザメがいた。

　体長は四メートルくらいだろうか。最大で十から十二メートルほどになるジンベエザメの中では、小さめの方だろう。

　名前の由来といわれている甚兵衛羽織《じんべえばおり》のような白い斑点《はんてん》と縞模様が、青みがかった灰色の背中に綺麗に浮かんでいる。

　つぶらな瞳、ひらべったい体と横長の口。ときおり力なく、ぱく、ぱく、と口が動く。

　飼育スタッフではないわたしの目から見ても、このジンベエザメが弱っているのはよく分かった。

　きっと魚類担当の飼育スタッフや獣医師が、今夜は定期的に様子を見に来るだろう。

　それでも今、周りに誰もいなくなったジンベエザメは不安になっているんじゃないかと、そんなことを思った。

「こんなところ、来たくなかったよね……」

　夜のイケスで、ひとり残されたジンベエザメ。

　こんな見知らぬ場所で、ひっそりと、その命を終えてしまうのだろうか。

「どうして網にかかっちゃったの？」

そう聞いたってもちろん答えはない。

「人生ってさ、なかなかうまくいかないよね」

この子の場合は、魚生とでも言えばいいのか。

「想像もしていなかったことが起きて、どうしようもなくなってしまったり」

じっとしているジンベエザメに声をかけ続ける。

いつからか、この孤独なジンベエザメに、わたしは自分を重ね合わせていた。

その場に腰を下ろして、水面に向かって声をかける。コンクリートの地面は座るとちょっと硬くて冷たかったから、腰に巻いていたパーカーを下に敷いた。幸いなことに、梅雨が明けたばかりの今は、こんな時間でも肌寒くはない。

もしもこのジンベエザメがここで命を終える運命ならば、そばにいたかった。

自己満足かもしれないけれど、この子をひとりにしたくなかった。

「ジンベエさん、海の世界ってどんなところ？　こうやって水族館で働いていても、海中は未知のことだらけだよ。きっとまだまだ、わたしたちが出会ったことのない生き物もたくさんいるんだろうね」

ぷか、とジンベエザメが口元を少しだけ水面に出す。まるでわたしの言葉に反応してくれているようで嬉しくなる。

「陸の世界は、なんとも世知辛いところだよ。いや、それは海の中も同じか。だからこうしてジンベエさんも今、こんな狭いイケスの中にいるんだもんね」

今度はジンベエザメのお豆のようなかわいらしい瞳と、目が合った気がした。

「そうだ、自己紹介がまだだったね。水原芽衣、二十七歳。蛍石水族館の運営スタッフとして、半年前から働き始めました。なんやかんやとうまくいかないことは多いけど、頑張って過ごしてます。好きな食べ物は餃子で、趣味はお菓子作り。ここの近くのアパートでひとりで暮らしてます」

ゆら、と水面が動く。小さく、だけど確かに、ジンベエザメが尾びれを動かしたのだ。

本当に、会話が成立しているみたい。

「せっかくだから、明るい話をしようかな。そうだ、この水族館での素敵な出来事とかどうかな？　あのね、わたしがここで働き出したばかりの頃なんだけど――」

こうしてわたしは、ジンベエザメに色々なことを話した。

ここに来てたったの半年だけれど、ひとつずつ取り出して語り始めていると、こんなこともあんなこともあったとネタは尽きない。

そうしているうちに、イケス脇で膝を抱えて眠ってしまっていたらしい。

夢の中でジンベエザメが恭《うやうや》しくお辞儀をしながら、「楽しい話をありがとうございます」と、にっこりと笑っていた。

「芽衣さん、芽衣さん！」

重たいまぶたを持ち上げると、いつの間にか朝日がわたしのことを照らしている。そのまま顔をゆっくり上げたところで、パーカー姿の佐伯くんがいるのに気付いた。

「あれ、なんで……？」

夢を見ているのだろうかと、ぼんやり思った。その瞬間、はっと意識が覚醒する。

「ジンベエさん……！　ジンベエさんは……!?」

勢いよく立ち上がると、水面にジンベエザメの斑点模様が見える。

「無理かもしれないって聞いていたけど、持ち直したみたいですね」

穏やかにそう言う佐伯くんの声に、じわじわと視界が滲んでいく。

「目にも力がしっかりあるし……。うん、大丈夫そうだ」

昨夜まで水にぷかりと浮かび、少ししか動かなかったジンベエザメが、口を大きく開け、ゆらん、ゆらんとヒレを動かしていた。

「よかった……、ジンベエさん。頑張ったね、すごいよ……！」

たった一晩、一緒にいただけ。

それなのに、このジンベエザメの存在はわたしの中でとても大きくなっていたみたいだ。

もしこの子が触ってもいい生き物だったなら、迷わず抱き着いていた。

「芽衣さん、一晩中ずっとついてたんですか？」

腕時計を見ると、午前五時半を回ったところ。最後の記憶は四時過ぎだったから、一時間半ほどうたた寝していたみたいだ。

「……なんか、放っておけなくて」

本当は、飼育スタッフではないわたしが一晩中生き物のそばにいたなんて、褒められたことではないのかもしれない。

それでも事実を隠しておくのは気が引けて、小さな声になりつつも、彼からの質問に頷を引く。と、そこで、足元に緑色のブランケットが落ちているのが見えた。冬の時期、館内のカフェスペースでお客さんに貸し出しているものだ。誰かがわたしの肩に、かけてくれていたみたいだ。

ブランケットを拾い上げると、佐伯くんが口を開く。

「大丈夫。芽衣さんがジンベエザメを心配する気持ちは、みんなにも伝わっていますよ。俺たち、チームなんですから」

「そうかな……」

佐伯くんは頷くと、ふっと力を抜いて笑った。

「やっぱり、芽衣さんは芽衣さんのままですね」

「え？」

「学生時代の頃と変わらず、生き物たちを大事に思っているんだなって」

「……そんな、言い過ぎだよ。それより、佐伯くんこそどうしてこんな早朝に？」

褒め言葉と受け取っていいのか。そんなことを言われるなんて思っていなくて、どう反応したらいいか分からなくなる。質問を返すことで、動揺を悟られないようにした。

「昨日の夜、ジンベエザメが運ばれてきたって連絡が来て。かなり危険な状態だって聞いたんで、気になってちょっと早く帰ってきちゃいました」

佐伯くんは昨日、出張で県外に出ていた。遅くまで会議があるとのことで、一泊して今日の昼頃こちらに戻ってくる予定だったはずだ。

だけど話を聞いて、いてもたってもいられず、夜中に車を走らせてきたのだと言う。

佐伯くんこそ、本当に生き物を大切に思っている。学生時代からその熱意は感じていたけれど、改めてその想いを目の当たりにしたような気がした。

「本当、回復してくれそうでよかったです。芽衣さんがついててくれたおかげですね」

「わたしは何もしてないよ、ただここにいただけで」

むしろ、話を聞いてくれていたのはジンベエザメの方だ。

昨日は久しぶりに、思う存分に話をした。自分がこれまで見てきたこと、感じたこと、思ったこと。この半年間抱え込んできた記憶や感情が、溢れ出るみたいだった。

ずっとずっと心の奥に居座っていた、孤独感。それが、ジンベエザメのそばにいたら、まったく顔を出さなかった。

そんな夜は、本当に久しぶりだった。

「俺、このあと様子見ますから。芽衣さんは一度帰って、少し休んでください」

「でも、佐伯くんだってほとんど寝てないんじゃ……」

「俺はサービスエリアで仮眠取りながら来たんで。それに芽衣さん、今日早番でしたよね。仕事に支障が出ても困るでしょ」

佐伯くんの声は穏やかで、だけどそこには有無を言わせない力があった。

確かにシャワーは浴びたいし、お客さんと直に接する仕事をしている以上、清潔にしていたい。昨夜の夕飯は菓子パンをひとつ食べただけだから、お腹もぺこぺこだ。

「シャワーも浴びずに出勤したら、小林さんに怒られちゃいますよ」

「た、確かに……」

首を竦《すく》め冗談めかして言う佐伯くんに、わたしは思わず頷いてしまう。ここは、彼の言葉を素直に聞き入れるべきだろう。

「それじゃあ、お願いします」

わたしがぺこりと頭を下げると、佐伯くんはほっとしたように顎を引く。

「ジンベエさん、またあとでね……」

荷物をまとめ、最後にもう一度イケスを覗いて声をかけた。

本当のことを言えば、不安な気持ちが消えたわけじゃない。今は持ち直してくれたけど、急変することだってないとは言い切れない。

ジンベエザメのつぶらな瞳が、わたしを見上げている。その目は確かに、「もう大丈夫です」と言っているようにも見えた。

その後ジンベエザメは、順調に回復していった。それは獣医の先生や飼育スタッフたちも驚くほどで、今夜、大水槽に移されることになっている。今頃、佐伯くんたちはその作業にとりかかっているはず。

ついに明日、蛍石水族館でジンベエザメの飼育展示がスタートする。緊張感と高揚感が、館内全体に広がっていた。

そんな中、わたしはいつも通りの業務をこなしている――、だけではなくて。

「うん、結構かわいくできたかも」

閉館時間が過ぎ、すべての業務が終わったあと。わたしは事務所で、ひとり作業を進めていた。

作っているのは、ジンベエザメ用の展示物だ。イルカやアシカのように一芸をするわけじゃないけれど、子供たちにも大人気。ジンベエザメのぬいぐるみはありますかと聞かれることも、しばしばあった。今までは売店に置いてなかったけれど、明日から販売をスタートさせる。

そんな人気者のジンベエザメのことを、子どもたちにも楽しみながら知ってもらいたい。そんな思いから、手作りの展示物を作成することにしたのだ。

蛍石水族館では、それぞれの生き物たちの説明が簡単に書かれたプレートが水槽ごとに設置してある。しかし字が小さかったり、漢字にふりがながなかったりと、子どもたちにじっくりと見てもらえるケースは少ない。

そこで画用紙や折り紙などを使いながら、子ども向けの展示物を作って掲示することもあった。

画用紙を鋏で切り抜き、いくつかの色を使って作ったジンベエザメは、我ながらゆるい雰囲気でかわいい。

あれからも、人目が少ないときにジンベエザメの様子を見に行った。こそこそとしながらだったから、いつも本当に一瞬だ。それでもわたしが行くと、ジンベエザメは口元をぷかりと浮かせたり、大きく尾びれを振ったりと、元気そうな姿を見せてくれていた。

「きっとたくさんのお客さんが、ジンベエさんを見に来るだろうなぁ」

元気のなかったあのジンベエザメが、館内最大の水槽でゆったりと泳ぐ姿を想像すると、胸の奥があたたかくなっていく。

本当の海に比べれば狭いかもしれないけれど、国内でも最大規模の立派な大水槽だ。危険もない中で、のんびりと穏やかに過ごしてくれたらと願わずにいられない。

「明日の早朝、こっそり見に行こうかな……」

きっと今夜は、夜遅くまで飼育スタッフたちがジンベエさんのことを見守るだろうし、その時間まで事務所にいては、変に思われてしまうかもしれないし。

はやる気持ちを抑えながら、大きめの白画用紙に黒い太ペンで〝ジンベエザメのひみつ〟と文字を書いた。

夜の水族館をゆったりと歩くことが、わたしの日課。

だけど今は、午前六時。警備員さんに仕事があると言って、通用口の鍵を開けてもらった。この時間は宿直スタッフも仮眠をとっている。

人間は他に誰もいないという共通点はあるものの、夜と朝とでは館内の雰囲気もなんとなく違って見える。太陽光が入る場所というわけではないのにもかかわらず。

「わぁ……」

大水槽の前に立ち、ゆっくりと見上げる。頭上にかかるように湾曲した水槽の上を、あのジンベエザメが泳いでいく。それは優雅で、力強く、美しくて。

気付かぬうち、目の淵から涙が一筋こぼれ落ちた。

——本当に、本当によかった。

もうだめだと、みんなから諦められてしまったジンベエザメ。見知らぬ場所で、ひとりで死んでしまっていたかもしれないジンベエザメ。

だけど今、こうして悠々と、他の生き物たちのいる大水槽を泳いでいる。

弱いライトが、水の中をまっすぐに照らしている。その中をジンベエザメが横切ると、大きな影がわたしの上を通過していった。

顎をぐっと上げ、ジンベエザメが過ぎ去っていくのを見る。と、そのつぶらな瞳がわたしをとらえた気がした。

「ジンベエさん、元気になったね」

声をかけると、その目がゆっくりと細められた。

――いや、見間違いだよね？

だって猫や犬のように、ジンベエザメはまばたきなどしないはず。

試しにわたしが水槽の右手に移動すると、ジンベエザメは大きな体をゆっくりと旋回させて、わたしの方へと泳いでくる。

そして再び、わたしのことをじっと見る。

「いやいや、まさかね」

くるりと向きを変え、今度は左の方向へ。

するとどういうことか、ジンベエザメは再び大きく旋回して、追いかけるようにこちらへと泳いでくる。

水槽の中央に戻り見上げると、やはりジンベエザメはその位置で停止したまま、少し頭を下げてこちらを見ていた。

「刷り込み的な……？」

生まれたての小鳥が、最初に見たものを親だと思う現象、刷り込み。まさかこのジンベエザメも、あの夜に付き添ったわたしを覚えているとか？　あのたった一晩で？

「基本的に、魚は人に懐いたりしないはずだけど……」

うーん、と首を捻ったときだ。

「もしもし、お嬢さん」

みぞおちを震わせるようなビブラートの効いた低音ボイスが、静かな空間に響く。

「ひえっ⁉」

誰もいないと思っていたけれど、他のスタッフが出勤してきたのだろうか。いや、スタッフならば〝お嬢さん〟なんて言葉は使わないはず。

きょろきょろと周りを見回していると、もう一度「もし、こちらですよ」とダンディな声が語りかけてくる。

怪奇現象……？　いやでも、ゾワゾワする感じもないし。どちらかと言えば、とてもいい声で素敵なおじさまを彷彿させる。

「その節はお世話になりました」

そんな言葉に、わたしは恐る恐る水槽を振り返った。

「お嬢さんのお話で、生きる気力が湧いてきたんですよ」

しゃべりかけてきていたのは、まさかのジンベエザメだったのだ。

「え、ええっ⁉」

ジンベエザメはこちらを見ると、恭しく頭を下げる。まるで紳士のように。

「いやですね、本当はもうわたしもここまでかなぁと思っていたんですよ。突然こんな陸地に引き上げられてね、ああもう人生ここまでかとね。あんなにたくさんの人間に囲まれたのも初めてでしたし、ああこのまま食われてしまうんだなあとね」

驚いて口をパクパクさせるわたしの様子を気に留めることもなく、ジンベエザメはしゃべり続ける。ぷくぷくと、小さなあぶくがいくつもジンベエザメの口元から生まれては弾けていく。

「もうどうでもいいなとですね、思ったわけですよ。なんだか体も重たいし、どうせ生き延びたところでこんな訳の分からない場所で何をされるかも分からないですしね。そこへ、お嬢さんがやって来たわけです」

ジンベエザメは、あの夜のことを思い返しているのだろう。それが分かって、徐々に旧友と再会したような不思議な感覚が、ふんわりと混乱を包み込んでいくのを感じた。

「自分の墓場でしかないと思っていたこの場所が、どうやらそういうわけではないと思えたのは、お嬢さんがそれは楽しそうに色々なことを話してくれたからです。それどころか、わたしも見てみたいなと思ったんですね。お嬢さんが教えてくれたような、幸せな瞬間を」

ジンベエザメがしゃべっている。

それは確かに非現実的で、簡単には信じられない状況で。

だけどわたしは、これが夢ではないことを分かっていた。

「ジンベエさん……」

思わず名前を呼ぶと、ジンベエザメは「ノンノン」と右の胸びれを指先みたいに振った。

「どうぞ、わたしのことは〝ミスター〟とお呼びください」

そう言って胸を反らせ、ミスターは再び恭しく頭を下げた。

これが、ミスターとわたしの物語の始まりだった。

〈第二章〉優しさであふれる場所

ピピピピ、とアラームの音が鳴り響く。

「うう……眠い……」

目を閉じたまま、ぱたぱたと手のひらでスマホを捜す。アラームを止めつつ、カーテンの隙間から差し込む光にゆっくりと瞼を開ける。

仰向けに倒れたまま、わたしは小さくため息をついた。

「夢、じゃないよね……」

あのジンベエザメが、自らをミスターと名乗りわたしに話しかけてきた。

それは昨日の朝の出来事で、そのあと出勤してきた佐伯くんたちの登場により、大水槽はいつも通りの空間に戻っていた。

展示初日だったこともあり、閉館後も飼育スタッフを中心に遅くまでみんな残っていた。そのため、昨日はもう、ミスターに会いに行くことが出来なかったのだ。

「よし、今日も早く行ってみるか」

むくっと起き上がり、洗面所で顔を洗う。メイクをして、前髪を整えて。

まだ信じ切れない気持ちと、絶対に夢じゃないというわくわくした気持ちが入り交じったまま、いつものように両耳の後ろでくるりと髪の毛を丸くまとめた。

「お嬢さん、おはようございます。よい朝ですね」

始業前に大水槽へ行くと、早速ミスターがわたしを見つけ声をかけてきた。

――やっぱり。ミスターは話すことができるんだ。

小さい頃に読んだ絵本の世界が現実になったようで、大はしゃぎしたい自分を落ち着かせる。

「ミスター、おはよう」

声をかけると、ミスターはヒレをゆらりと一度揺らし、やっぱり恭しくお辞儀をする。

もしかして、他の生き物たちの言葉も聞けたりする……？

そんな予感に、ウミガメたちにも声をかけてみる。

「おはようウミガメさん。イワシさんたちもおはよ！」

「…………」

しかし、ウミガメやイワシたちは、返事をするどころかこちらを気にかけることもない。

物語のヒロインになったかのような自分の振る舞いが恥ずかしくなり、一気に顔に熱が集まる。いい大人が夢見がちなことをしてしまった。

ミスターはそんなわたしから、すうーっと目を逸らしている。

むしろ突っ込んでくれた方が弁解のしようがあるのに。

——とりあえず。わたしが意思疎通が出来るのは、ミスターただひとり——、ただ一匹だけみたいだ。

こほんと咳ばらいをして、もう一度ミスターを見上げる。

「ミスターはいつから話せるの？　もともとおしゃべりが出来るジンベエザメだったの？」

「いえ、よく分かりません。いかんせん、人間ときちんと出会ったのは今回が初めてのことでしたから」

「でも昨日までは、何も言わなかったでしょ」

「そうですね、まさか話が通じるだなんて思ってもいませんでしたし」

不思議そうに尾びれを二度ほど、小さく動かす。

「それでですね。どうやらわたしの声も、お嬢さんにしか聞こえていないようです」

ひそひそ声になったミスターに、わたしまでなんとなく周りを警戒してしまう。もちろん、誰もいないのだけど。

ミスターによると、昨日の夜、たくさんのスタッフがミスターの体調や様子を細かく見に来たらしい。その中でうっかり「そんなにご心配していただかなくても大丈夫ですよ」と言ってしまったという。

「わたしもですね、迂闊《うかつ》にしゃべってはいけないとは思っていたんですよ。お嬢さんにはお礼をきちんと伝えたかったものですから話しかけましたけどもね、どうも一般的な魚類というのは人間と言葉でコミュニケーションをとるなんてことはないようじゃないですか。そんな中でわたしのように言葉を話すジンベエザメが現れたら、それはもう大変な騒ぎになることは想像に難くない状況でしたしね。もしかしたら今度は大きな研究機関に送られてしまうかもしれません。あれはですね、恐ろしい場所だと海の噂で聞いたことがあってですね」

この二日間だけで、分かったことがある。

ミスターは、おしゃべりが大好きだ。黙って聞いていると、話がどんどん脱線していく。

「それで、他の人たちにその言葉は聞こえなかったの？」

本題に戻すように質問すると、ミスターは「イグザクトリー！」と流暢な英語で答える。

ちょっと待って、ミスターって日本語だけじゃなくて英語も話せるの？

「あの場に大勢いたはずなのに、誰ひとりとしてわたしの言葉に反応しなかったんですよ。それでね、悟ったわけです。ああわたしの声が聞こえる人間は、お嬢さんひとりなのだなと。つまり、この声はお嬢さんとの交流のために授けられた宝物なのかもしれません」

そんな素敵なことを言われたのは、初めてだ。

人間の言葉を話すだけでもすごいのに、バイリンガルでなおかつ素敵な紳士だなんて。

「この場所のことも、人間のことも、分からないことばかりです。よろしければ、わたしと友達になってくれませんか？」

「友達……、喜んで……！」

こうしてわたしに、この水族館で初めてとなる〝友達〟ができた。

まさかまさかの、ジンベエザメの友達が。


「ミスター、今日もお疲れ様」

「お嬢さんも、お仕事お疲れ様です。今日はいかがでしたか？」

「疲れたよー……、うっかりミスして怒られちゃった……」

「そういう日もありますね。毎日、お嬢さんは頑張っていますよ」

「遠足で来ていた小さい子たちが、お嬢さんが作ってくれたジンベエザメのポスターをまじまじと読んでいましたよ」

「わ、本当？　作ってよかった、みんなにもっと知ってもらいたいもんね」

「ここで働くみなさんは、情熱を持っているのが伝わってきますよ」

「わたしは他の先輩たちのように、なかなか役には立ててないけどね……」

「まだ一年目ですよね。焦らずに行きましょう」

「ミスターって、海にいた頃はどんな毎日を過ごしていたの？」

「そうですねえ……。泳いで、泳いで、また泳いで、泳いで、でしょうか」

「海は広いから、延々と泳ぎ続けられるもんね」

「でも、案外とこの場所も居心地がいいですよ。水温も一定ですし、天候で荒れることもないですし、規則正しく食事もさせていただけていますし」

「ミスターは、心が広い」

「きっと他の生き物たちも、そうそう悪くないと感じているのではないでしょうかね」

「ミスター、水槽の中にお友達できた？」

「ほほ……、なかなか難しいですね。お恥ずかしいことに、自分から話しかけていくのが苦手なものでして」

「意外。わたしには話しかけてくれたのに」

「それはお礼を伝えたかったからですよ」

「そっか……、頑張ってくれたんだね。ありがとう」


こんな風に、ミスターとわたしは閉館後、毎日のようにおしゃべりを楽しむようになった。穏やかで紳士的なミスターと話していると、大きな安心感に包まれる。しかもユーモアセンスまであるから、ついつい時間を忘れてしまう。

ミスターといると、ひとりじゃないと思うことが出来る。それは多分、ミスターも同じだと思う。自分から話しかけるのが苦手だというミスターは、その言葉通り、水槽内の生き物たちとコミュニケーションが取れていないみたい。そんな中で、ミスターはわたしとの会話を楽しみにしてくれている。

もしかしたらわたしたちは、孤独を抱えた似た者同士なのかもしれない。

「芽衣さん、ちょっといいですか？」

午前中にメインゲートの掃除をしていると、ブルーのウインドブレーカーを着た佐伯くんに声をかけられた。蛍石水族館のウェアはとてもおしゃれで、同じデザインのTシャツは売店でも大人気だ。

今日は平日で、館内では比較的ゆったりとした時間が流れている。

「どうしたの？」

「もし手が空いたら、イルカプールに来てもらえませんか？」

どことなくそわそわした様子の佐伯くん。今すぐに話したいのを、ぐっと我慢しているようにも見える。

パフォーマンスショーを行うラグーンシアターと繋がっている、イルカプール。パフォーマンスの練習をしたり、ゆったりと休んだりする、お客さんの目のないイルカたちのプライベートな空間だ。

「えーっと、ちょっとやらないといけないことがあるんだよね。何かあった？」

行きたくない気持ちを悟られないよう、平静を装いながら言う。

わたしがイルカたちの姿を見るのは、ショーでアナウンスをするときだけだ。本当は、一日中でもイルカたちを見ていたい。だけど、一定の距離以上はイルカに近付けない今の自分が嫌になりそうで、佐伯くんへの劣等感がさらに大きくなりそうで、イルカプールには近寄らないようにしている。

「実は……実はですね……！」

そんなわたしの本心など気付きもしない佐伯くんは、「クウが赤ボールタッチに成功したんです！」と目を輝かせた。

「えっ、本当に⁉」

「連続で成功したから、ショーでもいけるんじゃないかと思って！」

ラグーンシアターは吹き抜けのドーム型になっていて、天井付近から青、黄色、赤のボールが吊るされている。イルカたちは、このボールに口先でタッチするジャンプパフォーマンスが得意だった。

その中で一番高い位置にあるのが、赤のボール。佐伯くんのパートナーであるバンドウイルカのクウは他のイルカたちに比べて体が小さく、なかなか赤のボールにタッチすることが出来ずにいた。そんなクウが、ついに赤ボールに届いただなんて。

「すごいね！」

嬉しいニュースに思わず興奮してしまうと、佐伯くんは笑う。

「絶対そう言ってくれると思ったんです！　だからまず、芽衣さんに見てもらいたくて」

屈託なくそう言われ、そこでつい怯んでしまう。

クウの赤ボールタッチは心から見たい。だけど、その合図を出してクウと喜び合う佐伯くんを見て、素直に喜べる自信はない。

きっとまた、どうして自分じゃないんだろうとか、羨ましいとか、わたしなんて、とか思ってしまう。そんな気持ちになるのは、出来ることなら避けたい。

「あー……えっと……」

「でも、やらなきゃいけないことがあるなら仕方ないですよね」

しゅん、とまるで叱られた子犬がしっぽを下げるような様子になった佐伯くんに、どう言葉をかけようか迷っていたときだ。

「あ、いたいた水原さん！」

ぱたぱたと小林さんが駆けてくる。

「こんなところにいたのね、捜したわぁ。いつものデイサービスご一行様が来たから、対応頼むわ。水原さん、おじいちゃんおばあちゃんのウケがいいからね」

渡りに船、とはまさにこのことだ。

わたしは「はい！」と返事をすると、佐伯くんに向き直る。

「クウの技はショーで見せてもらうね。それじゃまた」

佐伯くんの言葉を待たず、くるりと振り返ってエントランスへと向かう。

ほっとした気持ちと、自分はこんなことをいつまで続けるんだろうという惨めさが、心の中でぐるぐると渦巻いていた。


「芽衣、久しぶりー!」

休みの日、わたしは久しぶりに都内に出てきていた。詩葉とランチをするためだ。

「詩葉、相変わらずおしゃれだねえ」

待ち合わせ場所に現れた彼女に、わたしは目をぱちぱちとさせる。

普通の人じゃ着こなせないような、大柄のシャツワンピースを羽織りにし、ワイドデニムに華奢なサンダルを合わせた詩葉は、会うたびにどんどん洗練されていく。

アパレル会社でプレスの仕事をしているので、新商品を身に着けてブランドのSNSに登場することも多い。わたしから見れば、ちょっとした有名人だ。

「仕事柄ね、こういう洋服がクローゼットに増えていくんだよ。それより、料理がおいしいカフェを見つけたから芽衣と一緒に行きたかったんだ!」

　そう言って詩葉が連れてきてくれたのは、程よくモダンで、可愛らしさもある素敵なカフェ。詩葉おすすめだというランチセットを注文し、わたしたちは改めて顔を見合わせて笑う。

「それで。芽衣はどうなの、最近」

「どうって、いつもメッセージでやりとりしてる通りだよ」

「そうだけどさぁ。ほら、後輩くんはどう？」

「ああ、佐伯くんのこと？」

「そそ、写真とかないの？　どんな人か見てみたい！」

　詩葉は昔から、こういう話が大好き。隣のクラスの誰々がかっこいいとか、理想の相手はどんな人かとか、最初のデートはこんな場所がいい、とか。それなのに、本人は超がつくほどの奥手なのだから、人間って不思議だ。

「歓迎会をしてくれたときの、集合写真ならあるかな」

　スマホを取り出し、カメラロールを遡る。

　わたしが入社したばかりの頃、佐伯くんが企画してくれた飲み会だ。そのときの写真があるはず。

「あ、これだ。この、一番端の人」

指先で画面を大きくした詩葉は「わ、かっこいいじゃん！」と声を弾ませる。

「うわぁ、これはモテる！　老若男女から人気でしょ、もうそういうオーラ出てるもん」

こんな小さな画像で何が分かるのかとも思うけど、事実なので言い返す言葉がない。

「詩葉はどうなの？　平田《ひらた》くんと」

詩葉が望むような展開はないため、今度は質問で返した。

平田くんというのは、わたしたちの高校の同級生。それと同時に、長年の詩葉の片思いの相手でもある。最近偶然再会したふたりは、連絡を取り合うようになっていたのだ。

華やかで、何事にも臆さずにぶつかっていける詩葉。だけど自分の恋愛に関してはなぜか消極的だ。本人曰く、自分に自信がないとのこと。わたしから見たら、詩葉ほど素敵な女の子はいないのに。

今日もやっぱり、詩葉は「うーん……」と考え込む表情。

「何かあったの？」

「あったのはあったんだけど……」

彼女の様子だけじゃ、いい報告なのか悪い報告なのか分からない。

「実は、水族館に誘われたんだよね……」

ちょっと窺うような様子で、こちらを見る詩葉。

「え……！」

思わず前のめりになったわたしに、詩葉はちょっと力が抜けたように笑うと、そのまま頷く。

「来月、一緒に行かないか？　って。チケットもう買ってくれたみたいなの」

「それって、紛れもないデートのお誘いじゃない！」

知らずに声が大きくなって、口元を押さえて慌てて椅子に座り直す。

そんなわたしに、詩葉は苦笑い。

まるで自分のことのように、ドキドキと心臓が高鳴っている。

「向こうがどういうつもりで誘ってくれたのかは、分からないけどね」

「なんとも思ってなかったら、水族館に行こうなんて言わないいんじゃない？」

「うーん……」

またもや詩葉が煮え切らない表情を浮かべたとき、注文していたランチセットが運ばれてきた。

まあるい大きなお皿に、カラフルなかわいらしい小鉢がいくつも載せられている。にんじんのピーナッツバター和えに、ほうれん草のおひたし、鶏むね肉のチキン南蛮に五穀米のごはん。具だくさんのお味噌汁、それに自家製だというぬか漬けも、とってもおいしそう。

ふたりで手を合わせて「いただきます」をして、お味噌汁を一口飲む。

「うぅ……おいしい……」

ひとり暮らしになってから、夕飯は適当に済ませることがほとんど。コンビニやスーパーのお惣菜にお世話になりっぱなしで、作りたての食事をとるのは久しぶりだった。

詩葉もサクリといい音でチキン南蛮をかじると、顔をほころばせる。

おいしいものは、人を幸せにしてくれるって本当のことだ。

「ちなみに、どこの水族館なの？」

「それがさ、蛍石水族館なの。芽衣が働いているところだよね」

「えっ、本当に!?　うちの水族館、とっても素敵だから！　最高のデートになると思う！」

都内・近郊にも、水族館はいくつかある。その中で蛍石水族館が選ばれるなんて、すごい偶然だ。

おいしい料理とそのめぐりあわせに興奮したわたしは、鼻息荒く詩葉に請け合う。

だけど彼女は、戸惑ったように目を伏せた。

「それでね。実は、芽衣に相談があって……」

かたん、と詩葉は箸置きに自分の箸を置く。

そして申し訳なさそうに、だけど助けを求めるように、きゅっとこちらを見つめた。

「わたし——、水族館が怖くて怖くてたまらないの」


「——ということがあってね」

詩葉とランチをした翌日の夜。

わたしはいつものように、大水槽の前でミスターとおしゃべりをしていた。

「なるほど。そのお友達は、水族館が怖いと……」

ぷくぷくと、小さなあぶくがミスターの口元から生まれては上っていく。

詩葉が遠慮がちに打ち明けてくれたのは、水族館に恐怖を抱いていると気付いたきっかけの出来事だった。

それは大学時代、水族館をサークルの仲間たちと訪れたとき。館内に入った瞬間体が震え出し、それ以上、進むことが出来なくなったという。

このときからなのか、それとももっと前からなのか、どうしてなのか、詩葉本人にも分からない。ただ漠然と〝怖い〟と思ってしまったという。

イルカトレーナーになるという夢を持っているわたしには、なんとなく悪いと感じて話せずにいたらしい。

この間メッセージで「遊びにおいでよ」と誘ったときに、「そのうちね」というつれない返事がきたのは、こういうことだったみたいだ。

「今度のデートまでに、水族館恐怖症を克服したいって言ってて」

平田くんがわたしたちと同じ高校に通っていたのは、高校二年生の春まで。親の仕事の都合で、アメリカに引っ越してしまった。

それは詩葉がやっとのことで、告白する！　と覚悟を決めた直後だった。

当時、わたしから見てもふたりは両想いだったと思う。詩葉が告白をすれば、ふたりは恋人同士になっていたはず。それでも当時高校生だった詩葉は、自分の想いを伝えることなく、海外へ行く平田くんを黙って見送った。

「詩葉はずっと、平田くんへの想いを消せなかったんだよね」

美人で気立てのいい詩葉はとても人気があったし、告白を受けて恋人がいた時期もあった。それでも心のどこかでは平田くんのことが忘れられず、中途半端な気持ちで他の人と付き合ってしまった自分を責めているところも見てきた。

そんなふたりが再会したのは、二年ほど前のことだ。

詩葉が働く会社が海外進出をするという話になったとき、通訳として来たのが平田くんだったという、運命みたいな話で。お互い、付き合っている人もいないというタイミングで。

それ以来ふたりは、仕事終わりに飲みに行ったり、連絡を取り合ったりしている。だけど、休みの日にどこかへ出かけるというのは今回が初めてとのことだった。

「そういうお話を聞くと、なおさらどうにかして差し上げたい気持ちになりますね」

ミスターは考えるように、フム、とまるいあぶくを出す。そのあぶくのすぐ上を、エイがすいーっと横切っていく。

「わたしは、水族館を怖いって思ったことが一度もないから。どうしたらいいのか、すごく難しくて」

詩葉のために、何かをしてあげたい。だけど自分自身のこともままならないわたしに、出来ることなんてあるのだろうか。そんな不安な気持ちが、ぐんぐんと大きくなっていく。

「そういえば、お嬢さんはいつからイルカトレーナーになりたいと思っていたんですか?」

わたしが感じた不安を取り払うかのように、ミスターが声のトーンを少し上げる。

ミスターには、わたしが目標としている夢、それが実現していない現状などもすでに話している。

「小学三年生のときに、学校に行けなくなった時期があったの」

当時のことを思い返すのは、久しぶりのことだった。

それは、いじめなんていう大きなものではなかった。ただ、それまで仲良くしていた友達と些細なことでけんかをして、仲直りのきっかけを探しているうちに、気付けばクラスで孤立していた。

学校に行こうと思っても、朝起きることが出来なくて。やっとの思いで用意をして玄関で靴を履くと、お腹が痛くて動けなくなってしまう。

「そしたらお母さんが、水族館でも行こうかって言ってくれてね」

ミスターは黙って、わたしの話を聞いている。

学校に行けなくなったわたしを、お母さんは車で一時間ほどのところにあった水族館に連れて行ってくれた。

「みんなが学校で授業を受けているのに、水族館に来てていいのかなって気持ちも最初はあったんだけど。大きな水槽を前にしたら、なんだかそういうのも全部吸い込まれていくような感じがして」

寝ても覚めても消えてくれなかったマイナスの気持ちを、初めて忘れることが出来た瞬間だった。

「そのときに、イルカの声を聞いたの」

眺めている水槽の中を、イルカが悠々と泳いでいく。夢中でその動きを追いかけていると、「ピー、ピー」という、高く、だけど優しい音が聞こえてきた。それがイルカの発する超音波だということ、イルカたちはそれを使ってコミュニケーションを取っているということを、お母さんが教えてくれた。

「なんだか、すごく癒されたんだ。みんなと同じに出来ないからって、焦らなくてもいいのかもしれないなぁって」

それから毎日、お母さんは水族館に連れて行ってくれた。期間にすれば、一週間くらいだったのかもしれない。学校に行けるようになるまでの間、わたしは毎日を水族館で過ごしていたんだ。

「そちらの水族館は、今は?」

ミスターの問いに、わたしは小さくかぶりを振る。

「わたしが高校生のとき、閉館しちゃった」

もともとそう大きくはなく、来館者数も多くはなかったあの水族館は、施設の老朽化を理由に閉館した。

本当のことを言えば、わたしがなりたかったのは、あの水族館のイルカトレーナーだった。あのときわたしを救ってくれたイルカたちと、一緒に過ごしたいと願っていたから。

それでも、あの水族館と共にわたしの夢は消えたりしなかった。だからこそ今でも、傍からは悪あがきのように見えるかもしれないけれど、夢を諦めきれずにいる。

「お嬢さんは、水族館に救われたんですね」

「うん……、特別な場所なんだ」

改めて、大水槽のあるこの場所をゆっくりと見回す。

吹き抜けとなった空間に、大きく鎮座する大水槽。ここはたしかに陸の上で、呼吸するだけの十分な酸素だってあるのに、水の揺らめきや美しい光に包まれていると、本当に海の世界に彷徨《さまよ》いこんだような気持ちになる。

普通に生活していれば、出会うことのない生き物たちが多くいるこの世界。

水族館というのは現実で、だけど非現実ととても近いところにあるとわたしは思っている。

だからこそ、たくさんの人々の心を惹きつけ、魅了し続けているんだ。

「それは、我々にとっても同じことが言えるかもしれません」

ミスターはそう言い、わたしと同じように館内へとゆっくり視線をうつす。

「普通に海で生活していれば、出会うことのない人間たちが多くいるこの世界」

わたしの言葉をアレンジしたミスターに、確かに、と頷く。

「非常に、興味深いです」

ミスターはそう言うと、微笑むように目を細める。

「海は広くてそれはよかったですが、ここに来なければ絶対に見ることが出来なかった景色がたくさんあります。それに、わたしはお嬢さんたちに命を救っていただきました」

「ミスター……」

水族館のスタッフはみんな、様々な想いを抱えながら生き物たちと接している。世の中には、広い海で生きる彼らを狭い水槽の中に閉じ込めるなんて、と顔をしかめる人たちもいる。

それでもみんな、大きな愛情をもって生き物たちの世話をしている。生き物の持つ本来の能力や魅力をお客さんに知ってもらい、楽しんでもらうため。そして、まだ分かっていない様々な生き物たちの生態を研究するため、日々情熱を注いでいるのだ。

ジンベエザメについても、未だ解明されていないことがたくさんある。だからこそ、ミスターの言葉はどこか救われるようなものでもあった。

「ミスターは、ここでの生活が苦じゃない……？」

「少なくとも、わたしは楽しんでいますよ。おしゃべりしてくれるお嬢さんもいますし、たくさんのお客さんがジンベエザメだ、と喜んでくださるのを見ると、とても嬉しくなりますね。それに海の中ではお目にかかれない色を見られるのも楽しいです。そういえばこの間は、わたしにそっくりなぬいぐるみを見せてくれたお子さんもいましたね」

ミスターが言う通り、彼はすでに蛍石水族館の人気者だ。ジンベエザメが見られる水族館は限られているから、遠方からのお客さんも増えた。そのことを、ミスター自身も嬉しく思っているみたいでほっとする。

「水族館がすごく素敵な場所だってことを、詩葉に分かってもらいたい」

「そうですね」

「そんなこと、わたしに出来ると思う……？」

「はい。お嬢さんだからこそ、出来ると思いますよ」

自信のないわたしの質問に、迷いなく答えてくれるミスター。その声は、わたしの不安を少しずつ消し去っていく。

わたしやミスターが出会ってきたお客さんたちのように、詩葉にもこの場所で特別な時間を過ごしてもらいたい。

そのために、わたしはわたしが出来ることをやればいいのかもしれない。

「ねえミスター、館内マップを作ってみるのはどうかな？」

普段から、オリジナルの掲示物をたくさん作っているわたし。幸いなことに、イラストを描くのも好きで、学生時代に詩葉と旅行にいくときには旅のしおりを作ったりもしていた。

既存の館内マップはもちろん素敵なものだけど、詩葉が好きそうな空間や、わたしなりのおすすめポイントなども書いてみるのもいいかもしれない。

わたしのアイデアに、ミスターはくるりと大きくその場で旋回した。

「それはとてもいいと思います！　出来ましたら、わたしのことも格好良く描いていただけると幸いです」

その日から、わたしはミスターと共にオリジナルマップを作り始めた。

大水槽エリアにある段差に紙と色鉛筆を広げ、ミスターと相談しながら完成を目指していく。ひとりで黙々と作業するよりも、話しながら進める方が、自分の頭の中も整理されていくみたいではかどる。何より、ミスターと話すのは楽しかった。

「来週、詩葉を連れてくるからね」

「わたしにも、ぜひ紹介してください」

「もちろんだよ」

デートの前に、水族館が楽しい場所だということを詩葉に知ってもらう。そのために、わたしたちはお互いの休みを合わせて、蛍石水族館に来る約束をしていた。

わたし自身がお客さんとしてここに来るのは、面接を受ける前に訪れたとき以来。働き始めてからは、休みの日に足を運ぶことはなかった。なんとなく、働いているスタッフたちに申し訳ない気もして。

だけど今回は例外だ。詩葉の頼みに、なんとしても応えたい。しっかり者の詩葉にお願い事をされたのは、これが初めてのことだ。

「詩葉の恐怖心が消えてくれるといいんだけど……」

「きっと大丈夫ですよ。そのマップだけでも、すでにとても楽しそうですから」

もともと、わたしは前向きな性格だった。だけど就職活動での失敗や前の職場での経験から、自分を過信していたことに気付き、心配性になってしまった。

本来のポジティブさと、それを覆い尽くそうとする不安が、わたしの中ではいつだって混在している。そのせいで、気持ちはジェットコースターのように上がったり下がったりすることも多い。

だけど最近では、その上下の振りが少し小さくなったように感じる。それは、ミスターがいつでも優しく、穏やかにそっとわたしを肯定してくれるから。

考えてみると、大学を卒業してからずっと、仕事の話やちょっとした不満や不安を気兼ねなく話せる相手はいなかった。

ミスターはわたしたちに命を救われたと言ったけれど、救われているのはわたしの方だと最近は強く思う。

「ありがとう、ミスター」

わたしが心からお礼を言うと、ミスターはいつものように、恭しく頭を下げた。


ぴかぴかの晴天に、潮風が心地よい。そんな今日はまさに、水族館日和だ。

「えっ、なんで……？」

約束していた詩葉を連れて、蛍石水族館へと向かった。彼女を楽しませるぞと意気込んでいたところ、入り口で私服姿の佐伯くんとばったり顔を合わせたのだ。

佐伯くんとわたしは同じパターンのシフトで組まれているから、今日は彼だって休みのはず。わざわざ休みの日まで職場に来るなんて思ってもいなかったのに「芽衣さんも遊びに来たんですか？」とさわやかに手を上げる。隣にいる詩葉が、「え！　あの後輩くん!?」とちょっと興奮したようにわたしの袖を引っ張った。

「いやあ、たまには純粋にお客さんとしてここに来たいなぁと思って」

そう続けた佐伯くんは、詩葉に気付くと「芽衣さんの後輩の佐伯です」とぺこりと頭を下げる。詩葉がはしゃぐように「芽衣がお世話になってます！」なんて返すから、わたしは小さくため息をついた。

職場での先輩は佐伯くんの方なんだけどな。

「あの、よかったら一緒にどうですか？」

人懐っこい笑顔を浮かべ、佐伯くんに声をかける詩葉。

いやいや！　わたしの頭の中には、そんなプランはないってば！

わたしが目を見開いて振り返ったのに、詩葉は知らんぷり。それどころか、わたしにだけ見えるように親指を立てている。「任せて！」みたいな感じだけど、何をどう勘違いしているのか。

「大勢の方が楽しいかなと思って」

笑顔で続ける詩葉に、佐伯くんは子犬のように尻尾をぶんぶん振って――実際には尻尾なんてないんだけど、あったら絶対に振っている――「いいんですか⁉」とわたしを見る。

ああ、もうそんな顔をされたら断れないじゃない。

詩葉はいつも通りに見えるけど、少しだけ表情は硬く見える。水族館に入ることに緊張しているから、あえて普段通りに振る舞いたかったのかもしれないし、場を和ませてくれる佐伯くんがいれば、詩葉の不安も少しは紛れるかもしれないし……。

「分かった、三人でまわろうか」

わたしがため息交じりにそう言うと、初対面のはずのふたりは同時に「やったー！」と声を揃えた。

そうして詩葉と佐伯くんは、あっという間に意気投合。もともとふたりはどこか似たようなところがあったし、共にコミュニケーション能力が高いから、それも当然のことのように思えた。

「ええっ、それじゃ来月うちでデートなんすか？」

チケット売り場で列に並んでいる間に、詩葉は今日ここへ来た経緯を説明していた。

「そうなんです、だから今日は下見に。当日はわたしが彼をエスコート出来たらいいなと思って」

水族館が怖いと思っていることは、佐伯くんには話さない。長年の付き合いであるわたしにすらずっと打ち明けなかった詩葉らしい、彼への気遣いだ。

「いいですね、そういうの。相手を喜ばせたいとか、その人との時間を楽しいものにしたいという想いって、すごく大切だと思います」

「……佐伯さんって、なんかいいですね。エスコートっていうと、男がするものだとか言われることが多いのに」

「そうですか？　相手を想う気持ちに、男も女もないと思いますけどね」

ふたりのやりとりを聞きながら、やっぱり佐伯くんは変わらないなと感じる。学生の頃から、彼は誰に対してもフラットで、一般的な見方や意見に振り回されたりしない人だった。そんな佐伯くんだからこそ、たくさんの人や生き物たちから信頼されているんだと思う。こういうのは、生まれもった才能みたいなものだ。

——すごいな、いいな、わたしにはないものをたくさん持っていて。

そんなことを考えそうになり、大きく首を横に振って雑念を追い払う。

違う違う、今日はそんなことじゃなくて。詩葉に水族館が楽しいところだと思ってもらうんだ。

「それじゃあ、まずはこれをどうぞ！」

気を取り直し、印刷したマップをふたりに手渡す。何かあったときのため、余分にコピーしておいてよかった。こういう〝リスクマネジメント〟は前の職場で覚えたことだ。

「佐伯くんには必要ないと思うけど……」というわたしの声を、「うわ、これすげえ！」という佐伯くんのそれが追い越していく。

「これ、芽衣さんが作ったんですか⁉　すごくいいじゃないですか！　見やすいしかわいいしカラフルだし、あたたかみがある！　何より次に進むのが楽しみになる！」

「そんな大したものじゃないってば」

興奮した口ぶりの佐伯くんに、わたしは大慌て。詩葉とわたししか見ないからと、落書きベースで楽しく描いただけのもので、そんなに褒めてもらえるようなものじゃない。字だって綺麗に書いたわけでもない。

それでも彼の「次に進むのが楽しみになる」という言葉は、わたしが大事にしたかったことなので素直に嬉しい。このマップの目的は、詩葉に水族館を楽しく巡ってもらうというものだから。

珍しく黙っている詩葉をそっと見ると、彼女はじっとマップを見つめている。その瞳がうっすらと潤んでいる気がして、どきりとする。

「芽衣、ありがと……」

わたしに向かってそう言った詩葉は、勢いよく顔を上げる。それから「よしっ、絶対に楽しむ！　水族館は楽しい場所！」と自分に言い聞かせるようにして、胸の前で拳をきゅっと握った。


わたしの心配をよそに、水族館での時間はなごやかに進んでいた。

蛍石水族館には、よほどの混雑時以外、基本的に順路はない。どこから見てもいいように通路が組まれており、今回わたしは、開放的な屋外エリアからまわる予定を立てていた。

屋外エリアではペンギンやアシカなどを間近で見ることが出来、その奥には水平線が見える展望スペースもある。海沿いの高台にある蛍石水族館の人気スポットだ。

わたしが大まかな説明をすると、佐伯くんがエサのことなどちょっとした裏話をしてくれる。それを詩葉は、緊張しつつも「なるほど」などと聞いていた。

館内に入ってからは、少しだけ表情を強張らせたけれど、それでもわたしたちと話しながら、進むことは出来ていた。

——ところが。

「ここが、蛍石水族館の誇る大水槽です！　自然の海の生態を再現していて、つい最近、最大の魚類と言われているジンベエザメが仲間入りしたの」

そう説明して顔を上げると、ミスターがわたしにだけ分かるようにウインクをする。

そのまま詩葉のそばに、自らの顔を近づけるようにして挨拶をした。隣にいた小さな男の子が「わぁっ」と歓声を上げる。

「…………」

しかし、挨拶を受けた当の本人は微動だにしない。ただじっと、目を見開いて水槽の一部に釘付けになっている。

彼女の視線を追いかけてみても、水槽の様子に変わったところは見られない。ただただ魚たちが悠々と泳いでいるだけだ。

「詩葉……？」

わたしが名前を呼ぶと、ハッとしたように我に返る。それから両方の手のひらを胸の前で広げた。カタカタと、小さく震える詩葉の手。

わたしは慌てて、彼女の顔を覗き込む。詩葉の顔は血の気を失ったように真っ青で、瞳は不安げに揺れていた。

「佐伯くんごめん。わたしたち、先に出るね」

そう言ったわたしは、詩葉の手を引いてその場をあとにした。


「詩葉、少し落ち着いた？」

ザザン、と波の音が心地よく響く。

水族館を出たところには、海を眺める形でベンチがいくつか並んでいる。そこに詩葉を座らせ、自動販売機で買ってきたお茶を渡した。

「ごめん……。だいぶ落ち着いたよ」

お茶を受け取った彼女はひとつ息を吐き出すと、もう一度「ごめん」と呟く。

わたしは詩葉の隣に腰を下ろすと、両手を空に向かって伸ばし大きく深呼吸をする。

それを見ていた詩葉も、わたしと同じように大きく息を吸い込んだ。

「潮の香り……」

そう言った詩葉の表情が、少し優しくなるのを見て、彼女が怖いのは海ではなく〝水族館〟なのだと改めて思う。

　詩葉には、平田くんとのデートを楽しんでもらいたい。だけどそれならば、彼に本当のことを言うのが一番なんじゃないかとも思った。

　別に、水族館じゃなくても楽しい時間は過ごせるはず。それを伝えると、詩葉は困ったように笑って、かぶりを振る。

「高校のときにね、平田くんがアメリカに行く直前、水族館に誘ってくれたことがあったの」

「え……？」

　それは、初めて聞く話だった。「そのときは、自分が水族館が怖いだなんて思ってもなかったんだけど」と、詩葉は言葉を続ける。

「それこそ、最初で最後のデートみたいな感じでね。だけどわたし、断っちゃったんだ」

「どうして……」

「どうせもう会えなくなるのに、思い出を増やしたってつらくなるだけだもん。高校生のわたしは、そうやって逃げたの」

　自嘲気味に笑う詩葉に、何も言えない。わたしには、こんな風に誰かを心から好きだと思ったことも、どうしようもない別れを経験したこともなかったから。

「平田くんね、またアメリカに行くんだって。今度は、自分の仕事で」

今日は詩葉から、初めて聞かされる話ばかり。わたしはただ驚いて、口を開けること しか出来ない。当時と同じつらい想いを、ふたりはまたしなければいけないというこ と？　今回平田くんが詩葉を水族館に誘ったのは、あのときに果たせなかった最初で最 後のデートを、実現させたいと思っているからなのかもしれない。

「でも、わたしたちはもう大人だから」

詩葉の顔は下を向いてはいなかった。その声には、確かに力があった。

「今度こそ、逃げたくないの。だから次のデートで、ちゃんと想いを伝えたい。本当は 十年前に行くはずだった、水族館で」

詩葉は、強い。ついさっき、水族館に足を踏み入れて恐怖で体を震わせていたのに。 それでもなお、水族館で平田くんと過ごすことを決意している。

「詩葉。来週、もう一度ここに来てくれないかな」

「もう一度……？」

「水族館を怖いと思う理由が、ちゃんとあると思うの。それが分かれば、恐怖心を和ら げることが出来るかもしれない」

きっと、きっと解決策があるに違いない。水族館で働いているわたしには、それを見つけるチャンスがあるはず。

親友の大切な気持ちを、絶対に無駄にしたくはない。

ザザン、と再び、波の音がわたしたちの間に響いた。


季節に関係なく、週末は来客数がぐっと増える。それが夏ならば尚更だ。真夏日かつ土曜日である今日は、開館と同時に大型駐車場が満車になってしまった。

「通路では立ち止まらず、ゆっくりお進みくださーい」

こんな日のわたしの主な業務は、お客様案内係。館内をパトロールがてら歩き、混雑が集中している場所で通路を確保したり、比較的空いているトイレの場所を伝えたり、お客さんからの問い合わせに対応したりする。

そんな日でも、パフォーマンスショーの時間帯は他のエリアはほっと一息つけるタイミングだ。人の流れが落ち着いたところで、わたしは深呼吸をした。今日のショーのアナウンスは別のスタッフが担当してくれているので、わたしも束の間の休息が取れる。

「ふう……」

今頃、佐伯くんはショーの真っ最中。あとで声をかけにいかないと。

昨日は突然帰ったにもかかわらず、佐伯くんからはお礼のメッセージが届いていた。

『一緒に回れて楽しかったです。詩葉さんにもよろしく伝えてください』という内容で、詩葉の様子について言及するような言葉はなく、佐伯くんらしいなと思った。

あんな場面に遭遇したら、どうしたのかと気になってしまいそうなものなのに。

やっぱり、佐伯くんは学生の頃から変わっていないんだろう。他人の事情を追及しようとしたり、土足で踏み込んだりするようなことは絶対にしない、そんな人だった。

「お嬢さん、お嬢さん」

ぼうっとしていたところ、大水槽からのヒソヒソ声で我に返る。いつの間にか、ミスターがわたしのそばまでやって来ていた。

今の時間帯にこのエリアが空くといっても、大水槽を見ているお客さんもゼロではない。まばらだけど人がいる中、ミスターが声をかけてきたので少し慌ててしまう。

しかしすぐに気がついた。ミスターの声は、わたしにしか聴こえていないのだから心配する必要はないのだと。わたしが返事をするときに気をつければいいだけだ。

「大丈夫ですか？　なんだか顔色がすぐれませんが」

ちょうどそのタイミングで、水槽前からお客さんがいなくなった。

わたしは水槽に近づくと、アクリル板にうっすらと映る自分の顔をまじまじと眺める。顔色についてはよく分からないけれど、確かに寝不足でクマがすごい。

「本当にひどい顔してる……」

昨日のことを思い出し、大きなため息が出てしまう。

帰ってからも、ずっと詩葉のことを考えていた。水族館で働く人間として、詩葉の友達として、わたしに何が出来るだろう。だけど考えても考えても、どうしても分からなかった。詩葉にはあんな大口を叩いてしまったけれど、いまだに解決の糸口すら摑めていない。

「だめだなぁ、わたし……」

どうにかしたいという強い気持ちはある。だけどもう、わたしは知っていたはずなのに。

自分は何者でもなくって、自分で思うよりも無力な存在だっていうことを。就活に失敗したことで、前の職場で働いたことで、思い知っていたはずなのに。

こんなネガティブな自分が、どうしようもなく嫌になる。こういうときには、克服したはずの黒い気持ちが心を覆い尽くそうとしてくるんだ。

久しぶりの感覚に襲われ、きゅっと拳を握る。すると、目の前で大きな影が柔らかく揺れた。

「お嬢さん、だめなんかじゃないですよ。お友達の幸せのために奮闘しているあなたは、本当に素晴らしい心の持ち主です」

そっと顔を上げると、優しい瞳でミスターがこちらを見ている。

「そうかな……」

「はい」

なんの疑いもなく即答してくれると、くにゃりと曲がりそうになった心が少しずつ上向いてくるのが分かる。自分でも単純だと思うけれど、ミスターの言葉にはそれだけの力があるんだ。

「それでですね」

わたしの気分の変化を確認すると、ミスターは再び声を潜める。別に誰に聞かれるというわけでもないのだけど、わたしも自然と水槽の方へ右耳を寄せるようにした。

「昨日、ちょっと気になったことがあったんです」

「気になったこと?」

「はい、詩葉さんの様子についてです」

今朝早く、ミスターには全ての事情を話してあった。ミスターはわたしにとって、詩葉の悩みを解決する上でのパートナーのような存在だ。

「昨日、詩葉さんはこのエリアに来るまでは、普通に過ごせていたんですよね？」

「そうだね……、屋外エリアは問題なさそうだった。中に入ってからは、ちょっと怯えてる感じはしたけど、そんなひどくはなかったよ」

ふむふむ、とミスターは頷くように顎を上下させる。

「こちらから見ていて気付いたのですが、詩葉さんは水槽の上のあたりを見ていたんです。見ていた、というよりは、恐怖で目が離せなかった、という感じでしょうか」

確かに、詩葉は固まったようにある一点を見つめていた。水槽側からだと、そんな彼女の表情がよく見えたんだろう。

「詩葉は、何を見ていたんだろう……」

彼女が見つめていたという水槽の上のほうを見ても、ライトをうけてキラキラと光る魚たちがいつも通り泳いでいるだけだ。

もちろん、右に寄ったり左に寄ったり、規則正しく泳いでいるわけではないけれど、それも含めて普段と何も変わらない。

「もしかしたら、トラウマみたいなものがあるとか……？」

わたしが呟くと、ミスターが「トラウマ」と復唱する。

「昔、水族館で怖い思いをしたとか。サメが出てくる映画が怖かったとか、そういう記憶が無意識に恐怖を生み出すのかなって」

詩葉にいろいろと話を聞いたけれど、彼女自身どうして水族館が怖いと思うのか分からないということだった。頭では覚えていないけれど、心が覚えている。そういうこともあるんじゃないだろうか。

もしかするとそのヒントは、詩葉の小さい頃の体験に隠されているのかもしれない。

「詩葉さんは、幼少期に水族館に来たことはあるんでしょうか」

「ないと思う、って言ってた」

前に聞いたとき、そう話してくれたのを思い出す。

初めて訪れたのが大学時代で、そのときにとてつもない恐怖を感じたのだとも。

ふと顔を上げると、イワシの大群が水槽の端に集まっていた。

イワシは基本的に群れで行動する。大きな魚やウミガメの通過で分かれても、あっという間に合流して泳ぎ続ける習性がある。

きらきらと、時にはオーロラのように光を放つその姿はとても神秘的だ。そんなイワシたちが一か所に長くとどまるというのは、とても珍しい。

「どうしたんだろう……？」

水槽の上に飼育スタッフがいて、エサの準備でもしているのだろうか。それにしては、時間が早すぎる。

訝しく思っていると、ミスターが「ふう……」と深呼吸をする。ぽこっ、と大きな泡が口元から上っていく。覚悟を決めたような表情を見せ、ミスターはゆっくりと旋回し、イワシの大群の方へと向かっていった。

話しかけるのが苦手だと言っていたミスターにとって、それは勇気のいることだったはず。それでもミスターは、迷うことなくまっすぐに泳いでいく。

自分たちよりも大きなジンベエザメの接近に、わっと散り散りになったイワシたち。しかしすぐに、また同じ場所へ戻ってくる。

ここからではミスターの声は聞こえないけれど、ゆらゆらと揺らめく水の中で、イワシとやりとりしているように見える。するとすぐ、ミスターは慌てた様子でこちらへと戻ってきた。

「お嬢さん、大変です。イワシたちの集まっているところに、小さな女の子がいるようです」

「ええっ！」

大水槽は正面からだけでなく、右側からも観察することが出来るようになっている。

慌ててそちら側へ回ると、消火器の陰に小さな女の子がうずくまっていた。

「どうしたの？　大丈夫？」

驚かさないようにしゃがみこみ、そっと声をかける。ゆっくりと顔を上げた女の子は、わたしを見ると大粒の涙をいくつもこぼしながら泣き始めた。

「ママぁ……」

三歳くらいだろうか。ツノのようにふたつ髪の毛を結んでいるその子は、小さな手で目元を何度も何度もこする。

「迷子だ……」

その子を抱えて水槽を見上げると、ミスターだけでなくイワシの大群たちもこちらに来ている。

「みなさん、心配で集まっていたようです」

ミスターがそう言うと、イワシたちはくるりと小さく一周して戻ってくる。

ちょうど死角になっていたけれど、水槽の内側からはよく見えたみたいだ。

「こわい、こわいよぉ……目がいっぱいでこわいよぉ……」

しがみつく女の子の背中を、とんとんと優しく叩く。

「安心していいよ。みーんなね、心配してくれてるの。どうしたのかなぁ、大丈夫かなぁ、はやくニコニコになってね、って」

そう言いながら、頭の中にひとつの可能性が浮かんでいた。

もしかしたら、詩葉も――。

「ミスターもイワシさんたちもありがとう！　わたし、お母さん捜してくる！」

そう言いながら、ミスターたちに手を振ると、女の子もわたしに倣《なら》うよう、遠慮がちに小さく手を振る。ショーが終わったらしく、人波が大水槽の前に押し寄せてくる。その合間を縫うように、わたしはその場を後にした。

その後、女の子は無事にお母さんと再会することが出来た。ひと仕事終えた佐伯くんが偶然通りかかり、一緒に捜してくれたのもあって、すぐに見つかった。そのときに女の子が、お母さんに言っていた。

「おさかなたちが、またね、っていってくれたんだよ」と。


前回の来訪から、およそ一週間後。

詩葉は、わたしと再び蛍石水族館にやって来ていた。今日は、佐伯くんはいない。予定のない休日だと言っていたけれど、多分気を遣ってくれたんだと思う。

「芽衣、ごめんね。せっかくのお休みなのに、何度も」

申し訳なさそうにする詩葉に、わたしは首を横に振る。

それを言うなら、わたしの方だ。水族館で働いているのに、その楽しさを前回は伝えることが出来なかった。詩葉に怖い思いをさせてしまった上、またこの場所に呼び出したのだから。

「詩葉、この間、怖くて動けなくなった場所って覚えてる？」

「うん、大きな水槽のあるところだったよね。芽衣がよく話してくれた、ジンベエザメのいる……」

そう話しながらも、詩葉の視線は不安げに左右に揺れる。

「もう一度、あの場所に行きたいと思うんだけど。行けそうかな……」

わたしの言葉に、詩葉は表情は硬いまま、だけど力強く頷く。誰よりもこの恐怖を打ち消したいのは、詩葉本人だ。

「行く……、絶対に行く。だけどその前に、芽衣にお願いがあるんだけど」

「うん」

詩葉はトートバッグから何かを取り出すと、わたしの方へと差し出す。

「もう一度、最初から芽衣にエスコートしてもらいたいの。この間は緊張が大きすぎて、あまり話が耳に入ってこなかったから」

それは、わたしが作ったオリジナルマップだった。


二度目だからか、前回よりも詩葉の様子は落ち着いていた。特に入口や屋外エリアなどは、オリジナルマップを熟読してきてくれたのか、生き物たちの名前や特徴まで覚えていて興味津々な様子。

不安はあるはずなのに精一杯楽しもうとしてくれている詩葉に、自然とこちらも熱が入る。そんな中、詩葉がくすりと笑った。

「芽衣って、本当に水族館が好きなんだね」

「え？　そ、そうかな」

夢中になって解説していた自分に気付き、なんとなく恥ずかしくなる。だけどこの場所で、普段の詩葉の笑顔が垣間見えたことはわたしをほっとさせてくれる。

「うん、芽衣が楽しそうに案内してくれるから。ここは怖い場所じゃなくて楽しいところなんだろうなって信じることが出来るのかも」

「詩葉……」

「大水槽のある場所も、本当はすごく素敵なんでしょ？」

詩葉の質問に、わたしは大きく頷く。

たくさんの生き物が共存する大水槽。自然に近い環境で、ありのままの姿を見ることが出来る場所だ。

「素敵で、優しさに溢れている場所なんだよ」

わたしはそう言うと詩葉の手をとり、ぎゅっと握りしめた。


平日の今日は、大水槽前も人がまばらだ。

そこでわたしたちは、しっかりと手を繋いで水槽を見上げていた。繋いだ指先からは、詩葉の緊張と、感じている恐怖が伝わってくる。

やっぱり彼女の視線は、ある一定の場所に釘付けになっている。それは、イワシの大群だ。

安心させるように、わたしはその手を強く握り直した。

「ねえ、詩葉。本当に、小さい頃に水族館に行ったことはない？」

わたしの質問に、詩葉はそのままゆっくりと首を横に振る。

ミスターはそんなわたしたちのことを、静かに見守っている。

「じゃあ、質問を変えるね」

人間の記憶というものは、意外といい加減だったりする。正面からされた質問では答えられなかったものが、違う角度からの切り口で突然呼び起こされることもある。匂いで記憶が蘇るというのも、典型的な例のひとつだ。

そこでわたしは、深呼吸をひとつ挟んだ。

「詩葉は、迷子になったことはある？」

その瞬間、詩葉の目が大きく見開かれた。その瞳に映っているのは、きっと、忘れていた過去の記憶。遥か遠い日の、幼かった頃の記憶。

ぷるぷると、繋いだ手が大きく震える。

「ある……、迷子になって……あれは水族館……？」

うわごとのようにこぼれる、詩葉の言葉たち。

やっぱり、とわたしは思った。そうしてミスターも、やはり、という様子でこちらを見ている。

「暗くて、魚たちがたくさんぎょろぎょろとした目でこっちを見てて……、わたし怖くて怖くて……」

そこで詩葉が、言葉を切った。泣き出しそうな顔で、わたしの方を向く。わたしは彼女に向かって頷くと、ぐっと顎を上げ水槽を見上げた。

「きっと魚たちは、迷子になった詩葉のことを心配していたんじゃないかな」

「え……？」

驚いたようにこちらを見る詩葉に、わたしは微笑みかける。

「ここで働いているとね、どんな生き物にも心があるって実感することが多いの」

話しながら、わたしは思い返していた。生き物たちと向き合うこの仕事。その中で、わたし自身忘れかけてしまっていたことはなかっただろうか。忙しい日々の中、自分の不甲斐なさを嘆くだけで、大事なことを見失いかけていなかったか。

生き物たちだって、みんなちゃんと生きていて、心を持っている。それを思い出させてくれたのは、ミスターだ。

「大丈夫だよ、みんな味方だよって。小さな詩葉を、元気づけたかったのかもしれないよ」

わたしがそう言うと、詩葉はゆっくりと水槽を見上げる。

イワシたちがきらきらと輝きながら、中央をゆるり、ゆるりと回っている。

「見守ってくれてた、ってこと……？」

水の揺らめきが、詩葉の瞳の中に映る。そこには、恐怖よりも、驚きと戸惑い、そして少しの、愛おしさみたいな色が混ざったように見えた。

ミスターが水槽内を大きく周遊し、わたしたちの前でゆっくりと止まる。それからこちらに顔を寄せると、尾びれをひらりと振って見せる。

「〝昔も今も、みんなあなたの味方ですよ〟」

詩葉には聞こえないミスターの言葉を、わたしがはっきりと代弁する。それから数秒後、「ふ……、ふふっ……」という、小さな笑い声が響いた。笑っているのは、詩葉だ。

「ごめんね、勝手に怖がって」

そう言いながら、詩葉は一歩水槽に近付く。そんな彼女の肩はまだ、やっぱりちょっと震えている。それでも優しく、詩葉は水槽に手を置いた。

「優しさを、ありがとう」

その手のまわりには、イワシたちがキラキラと鱗を輝かせながら集まってきていた。

ぴかぴかの太陽が輝く日曜日の昼下がり。

今日は大水槽エリアでの案内を任されている。一か所にお客さんが溜まってしまわないよう、タイミングを図って声をかけながら流れを作っていく係だ。

あと一時間ほどしたら、午後のパフォーマンスショーのアナウンスのため、ラグーンシアターへ向かう。

「あ、芽衣さん」

偶然通りかかった佐伯くんが、右手を上げながら駆け寄ってくる。今日も佐伯くんの足取りは軽やかで、表情も楽しそうだ。

「詩葉さんのデート、今日でしたよね？」

「すごい。よく覚えてるね」

「だって長年の片思いの相手とのデートですよね？　すごいじゃないですか。ショーも気合いが入るなぁ」

「うん、すごく楽しみにしてたよ。ショーには佐伯くんも出るし、って」

「うわ、嬉しい。特別な日になってほしいです、ほんとに」

へへっと笑う佐伯くんに、自然と「ありがとう」という言葉が出る。佐伯くんにとって詩葉は、学生時代の先輩であり現在の後輩であるわたし――長くて嫌になっちゃうな――の友達で、たった一度、水族館を少し一緒に回っただけの人。

それでも彼女に何かしらの事情があることや、大切な日をここで過ごすことをきちんと分かった上で、そんな風に言ってくれる。

「佐伯くんは、すごいよね」

「なんですか急に」

「すごいよ、だから、だから――」

〝だから、イルカトレーナーにもなれるんだよね〟

そう出てきそうになったのを、ぐっと喉の手前で飲み込んだ。

「だから、佐伯くんの周りにみんな集まるんだなって」

かわりに、素直な気持ちを口にする。

正直に言えば、今だって佐伯くんに対しての苦手意識はなくなっていない。

それでも、詩葉と一緒に過ごしたときも、迷子のお母さんを探してくれたときも、彼のまっすぐさにみんなは確かに救われていて。そのことを、心からすごいなと思うようになっていた。

「あっ、あれ詩葉さんじゃないですか？」

佐伯くんの視線を追うと、そこにはいつもよりかわいらしい恰好をした詩葉の姿。隣には、背の高い男性がいる。十年ぶりに見たけれど、確かにそれは平田くんだった。詩葉はわたしたちに気付くと、小さく肩を竦めて笑ってみせる。

「よかった、詩葉大丈夫そう……」

平田くんと穏やかにやりとりする様子を見て、ほっと胸を撫でおろす。

「挨拶行ってきますか？　俺、ここにいますよ」

「ううん、わたしがここで働いてることは彼には言わないでってお願いしてあるの」

「でも、芽衣さんも同級生なんですよね？」

「そうだけど、ふたりの時間を邪魔したくないから。帰り際、タイミングが合えば声をかけようかなって思ってるんだ」

ふたりを見つめながらそう言うと、隣で佐伯くんが小さく笑うのが分かった。

「芽衣さんらしいです」

「そ、そうかな……」

「はい」

わたしたちもなんとなく、ふたり同時に水槽を見上げる。

たくさんのお客さんたちが、笑顔で大きな大きな海の世界を見上げている。悠々と泳ぐ魚たち。ミスターも心なしか、いつもよりも堂々とした表情で周遊しているように見えた。

ミスターも、詩葉が来たことに気付いたんだろう。ふたりの前に、ゆっくりと顔を近づけてヒレをゆらりと振っている。その周りを、イワシたちがきらめきながら回り始める。

詩葉と平田くんが顔を見合わせ、それから楽しそうに笑い合う。

——よかった。詩葉がこの場所で、彼と一緒に、かけがえのない時間を過ごせている。

「幸せそうですね、詩葉さん」

「うん。誰かを好きになるって、すごく素敵……」

気付いたら出ていた言葉に我に返り、「あのふたり、映画のワンシーンみたいだね！」と慌てて取り繕う。それでも佐伯くんは優しいまなざしのまま、わたしの言葉にこう答えた。

「俺も、すごく素敵だと思います」——と。

（第三章）ペンギンだけが知っている

水族館といえば、どんなシチュエーションを想像する？

デート？　家族の休日？　友達と？　遠足？　自分を癒すために来る人もいるだろうし、日々の散歩コースとして訪れる人たちもきっといる。

そう、たとえば毎週月曜日に訪れる、近所のグループホームの利用者さんたちのように。

「みなさん、おはようございます！」

エントランスの掃除をしていると、佐伯くんの大きな声が聞こえた。振り向くと〝たいようホーム〟と書かれたマイクロバスから、おじいさんやおばあさんたちが降りて来るところだった。

職員さんたちの見守りの中、下車するホームの利用者さんたちは佐伯くんに気付くとニコニコと顔を綻ばせる。

「今日はいいお天気ですね！」

普段から、佐伯くんの声はよく通る。だけど意図して大きな声で話しているのは、相手が聞き取りやすいようにという配慮からだ。

　小さい子には必ず目線の高さを合わせ、お年寄りにはゆっくりと大きな声で。それは決して無理やりに教育されたわけではない、佐伯くんの人柄からくるごく自然な接し方だった。

「佐伯さんとクウちゃんのショー、楽しみにしているわね」

「いつも明るくて、元気が出るわぁ」

「よっ、今日も頑張ってるなあ！」

　バスを降りながら、利用者さんたちが佐伯くんと言葉を交わす。職員さんたちも佐伯くんには一目置いているらしく、彼だけは名前を覚えられている。

　小林さんからは「水原さんは年配ウケがいい」なんて言われるけれど、実際はそんなことは全くない。一方、佐伯くんときたら。どんな年代のどんな立場の人とも、分け隔てなくコミュニケーションが取れるのだから本当にすごい。

　ミスターがやって来てから、孤独感のようなものはずいぶんと薄れた。それでも職場できちんと話が出来るのは、いまだに佐伯くんだけだ。小林さんからはつい昨日も「堅いなあ」とため息をつかれたばかり。そんなわたしに、佐伯くんは眩しすぎる。

「ようこそ、蛍石水族館へ！」

ゆるい列を作りながらわらわらとエントランスを通るみなさんに、「おはようございます！」と頭を下げる。

なるべく大きな声で、はっきりと。

「おはようございます」と返してくれる人もいるけれど、佐伯くんに向けられる親しみのある眼差しではなく、どこかよそよそしさを感じる。だけどそれも仕方のないことだ。わたしはわたしのやり方で、蛍石水族館に来てくれる人たちに楽しんでもらえるように頑張るしかない。

車いすに乗っている人、職員さんに支えられながら進む人と、みんなそれぞれだ。その中で、シャキッと背筋を伸ばして杖をつく、ちょっと強面《こわもて》のおじいさん。

「おはようございます」

わたしが声をかけても、歩みを止めることなく「フン」と言いながら通り過ぎていく。

「岩井《いわい》さんったら。いつもああで、ごめんなさいね」

列の最後、後方を確認した職員さんが、困ったようにため息をつく。

あのおじいさんの名前は、岩井さんというのか。毎週のように顔を合わせてはいるけれど、初めて名前を知った。わたしは「いえいえ」と笑顔で返す。

先週の月曜日も同じように「フン」とだけ言って通り過ぎていったし、その前もそうだった。つまりわたしの中で、岩井さんは「フン」のおじいさんとなっている。

「気難しくて誰にも心を開いてくれないから、わたしたちも困っていてねえ。でもね、週に一度のこの水族館へのお出かけだけは、絶対に欠かさないのよ」

眉を下げながらも愛情のこもった視線を向ける職員さんは、我に返ると「ごめんなさいね、ぺらぺら話しちゃって」と会釈して館内に入っていく。

「すごいなぁ……」

週に一度会うくらいなら、みんな優しそうでかわいらしいおじいちゃんやおばあちゃんたちだけど、人間誰だって、いいときばっかりじゃない。ここに来ているのは、ホームで生活する人たちのほんの一部だと聞いている。他の利用者さんたちの中にも、いろんな人がいるはずだ。

「たいようホームの職員さん？　すごい仕事ですよね」

わたしのひとりごとは、佐伯くんに聞かれていたらしい。びっくりして振り向くと、彼は首を竦める。

「俺たちはニコニコして、楽しく会話してればいいけど。お世話をするってなると、また違うだろうし」

「そうだよね。いろんな人がいるし」

「何を考えているか分からない、頑固じいちゃんとかね」

そう言って笑う佐伯くんを、肘で突く。だけど一緒になって、ちょっとだけ笑ってしまった。

なんだ、佐伯くんも岩井さんのこと、そんな風に思ってたんだ。


「ジンベエザメちゃん、かわいらしいわねえ〜」

「大きくてすごいわあ。ほらあ、こっちおいで〜」

ダイナミックな体と、つぶらな瞳。悠々と水槽の中を泳いでいる姿には癒し効果があるとのことで、ミスターの人気は老若男女を問わない。ホームのみなさんに一番人気なのは、言わずもがなパフォーマンスショー。しかし、ミスターが来てからはこの大水槽エリアでものんびりと過ごしてくれるようになった。

「ほら見て、ジンベエザメって百年近く生きるらしいわよ」

「わしらとどっちが先か、ってとこかねえ。ひゃっひゃっ」

「やだわぁ、わたしは百歳になる前にポックリ逝きたいものよぉ」

「海の世界にもグループホームがあったらおもしろいわねえ」

朗らかでユーモアのある会話に、くすりと笑いそうになるのを堪えた。

「これくらい字が大きいと、わたしたちでも読めるわあ」

ひとりのおばあさんがそう言うのが聞こえ、今度こそ口の端をきゅっと上げる。

館内に掲示してある説明パネルは、小さな子供だけではなく年配のお客さんからも字が小さくて読みにくいという声があった。そこでわたしが、追加で掲示物を作りたいと手を挙げた。今まさに、手作りの掲示物を見てあの会話が繰り広げられているのだ。

そのことがとても嬉しい。佐伯くんのように、直接のやりとりで喜んでもらうのはわたしには難しいけれど、こうして自分が作ったもので笑顔になっているのを見ると、心の奥から満たされていく感じがする。

掲示物がきっかけで生き物に興味を持ってもらえることも、水族館スタッフとしてこの上ない喜びだ。

ふと顔を上げると、水槽の中のミスターと目が合う。ミスターからも、その様子が見えていたのかもしれない。片方の胸びれを持ち上げると、ゆるりと振った。

「あらあ！　この子、ハァーイって挨拶してるみたいじゃないの」

「本当ねえ、すごいわあ、お利口《りこう》さんお利口さん」

「ジンベエザメちゃんもそのうち、イルカちゃんたちとショーに出ちゃうんじゃないの？」

残念ながらそれはありません、と言いたいのをグッと堪えた。いや、でも絶対にないとも言い切れないかもしれない。なんといってもミスターは、わたしの言葉が分かる特別なジンベエザメなのだから。もちろん、本人がやりたいと言えばだけど。

「ってその前に、わたし飼育スタッフでもなんでもないんだった……」

現実を思い出してため息をついたとき、「あ、岩井さん！　やっと見つけた。いつもひとりで、どこかに行っちゃうんだから」という職員さんの安堵したような声が聞こえた。


「それにしても詩葉さん、よかったですね」

その夜、わたしとミスターはいつものようにおしゃべりをしていた。するとイワシたちがわらわらと、ミスターの周りに集まってくる。

「イワシさん、なんですか？　ああ、ええ、お嬢さんのお友達のことです。そうですそうです、この水槽前で一世一代の告白をされていたあの方ですよ」

あの一件以来、たまにこうしてイワシたちが近くに寄ってくることがある。わたしにはイワシたちの言葉は聞こえないけれど、ミスターとは会話が出来ているらしい。

「お嬢さん、イワシさんたちがまた、詩葉さんに遊びに来てほしいと言っています。どうやら、群れでハートを作る練習をしているそうです」

「ええ、それすごく素敵！」

そしてこんな風に、ミスターを通して彼らの声を聞くこともある。

イワシの群れは、たまに何かの形に見えることがある。それはたとえば、空を見上げたときの雲の形が猫に見えるとか、ハートに見えるとか、そういうのと同じだと思っていた。だけどもしかしたら、イワシたちのちょっとした遊びだったりしたのかもしれない。

先日、ミスターたちが見守る中、詩葉は平田くんに告白をした。そして彼も同じ気持ちだったらしく、ふたり同時に「ずっと好きでした」と打ち明けたのだと聞いたから驚いた。

平田くんがアメリカに行ったあとは、遠距離恋愛になる。一度は距離に阻まれたふたりが、今度はそれを越えてお互いを大事にしていく。わたしの中には、詩葉が言った「でも、私たちはもう大人だから」という言葉がはっきり残っている。

——そう、わたしたちは大人なんだ。だけどわたしはいまだに、小さい頃からの夢を諦めずに追いかけ続けている。叶うかも分からない、不毛な夢を。

いつまでもこのままでいいのかな。

そんな思いは、定期的にわたしを不安の渦へと引き摺り込もうとする。

「――でしたね、お嬢さん」

ミスターの声に顔を上げる。いけない、ついひとりの世界に入り込んでいた。

「ごめん、ちょっとぼーっとしてて。話聞いてなかった」

「いえ、いいんですよ。むしろそんな時間を邪魔してしまいましたね」

ミスターはどんなときでも紳士的だ。

「そんなことないよ。それで、何の話だった？」

「ええ、いつも月曜日にいらっしゃるみなさん。今日も楽しんでおられましたね、と」

グループホームのみなさんのことだ。今日は特にお客さんが少なかったから、ミスターたちにとっても一大イベントはあの瞬間だったのかもしれない。

「お嬢さんの作ったポスターを見て、とても盛り上がっていましたね」

「ふふっ、楽しそうにおしゃべりしてくれてて嬉しかった」

「この間は、遠足の子供たちがお嬢さんの作ったお魚クイズを楽しんでいましたよ」

「わ、本当？　作ってよかったぁ」

「他のスタッフさんの間でも、お嬢さんの掲示物は好評のようです」

そんなことはないと思うけど……。だってこの掲示物は、わたしが自ら掲示許可をもらって、好きで作っているだけで。水族館として求められているものではないのだから。

そんな中、佐伯くんは「今回のもかわいいですね」とか「お客さんが楽しんでますよ」とか言ってくれるから、ミスターはそのことを話しているんだろう。

ところがミスターは、「今朝も魚類の飼育スタッフさんが、掲示物をまじまじと眺めていましたよ」と続けた。

「それから何度か頷いて、感心したように頭を搔いていました。なんだかわたしまで誇らしい気持ちになってしまいました」

きっと何かの間違いだとは思う。それでも、ミスターがそう思ってくれたのならば嬉しい。あえて否定せずに、「ありがとう」とお礼を言った。

「しかし、水族館という場所は不思議なところですね。我々にとって当たり前の日常を、人間のみなさんは見にいらっしゃるわけで。さらには老若男女というのも興味深いです」

ミスターたちからすれば――本来住んでいたところとは厳密には違う環境だけれども――、水の中の世界は当たり前で、わざわざお金を払って見にくるようなところではないと感じるのかもしれない。

「ああ、でも我々には興味のなさそうな方もいらっしゃいましたね」

ミスターの言葉に、強面で無愛想なおじいさん、岩井さんの姿が浮かぶ。

「水槽の隅々まで見られてるんですけどもね、興味があるというわけじゃなさそうで。わたしが近くに泳いで行ってみても、フンという感じで。毎週そのような感じなので、娯楽のためにいらしているというわけではないのでしょう」

「岩井さんっていうんだって」

「そうですか。岩井さんはきっと、ここが嫌いなわけではないのでしょうね。嫌々連れてこられているというようには見えませんから」

水族館へのおでかけだけは欠かさないと、たいようホームの職員さんも言っていたっけ。

「だけどいつも、フン、しか言わないよ」

「おや、今日は別の言葉もおっしゃってたように見えましたよ」

「なんて?」

「魚なんて見て何が楽しいんだ、とでもいうような感じでしょうか」

「ふふっ、言いそう」

「ええ、きっと当たらずとも遠からずでしょう」

ミスターとわたしは、顔を見合わせて笑う。

岩井さんがむすっとした不機嫌そうな顔でそう言った姿が、はっきりと目に浮かぶ。初めて会ってそのセリフを聞いたら、じゃあなんで水族館に来たの？　とムッとしてしまいそう。だけどそうならないのは、毎週月曜日、岩井さんが本人の意思で蛍石水族館に来ていると知っているからだ。

岩井さんの「フン」も、「魚なんて見て何が楽しいんだ」も、その事実の前では可愛らしく思えてしまう。もちろん、本人の前では口が裂けても言えないけど。

「来週も来てくださいますかね。いつか、あの方の笑顔を見てみたいものです」

ミスターのこういう愛情深いところに、いつも心を温められている。わたしもそういう穏やかさと優しさ、それから心の余裕を持っていたい。

そう強く思うのと同時に、どこかで岩井さんのことが引っかかっていた。どうして岩井さんは、毎週必ずこの場所へ来て、ひとりで行動しているのだろう。


夏休みが終わると、途端に静かな日々がやってくる。水族館に限らず、いろいろなレジャー施設や商業施設も同じで、本格的な閑散期がやって来た。

「岩井さーん、岩井さぁーん！」

閑散期の平日、特に月曜日はお客さんが本当に少ない。そんな水族館の中、たいようホームの職員さんたちの声が響いていた。

「岩井さん、まぁた離れちゃったんですか？」

騒ぎを聞きつけた小林さんと共に、職員さんのもとへと駆け寄る。

「そうなんです。いつもは比較的近くにいるんですけど、今日はどこにも見当たらなくて」

慌てた様子の職員さん。水族館の中に、すぐに危険に及ぶような場所はない。それでも、足が悪く杖をついている岩井さんに何かあったら大変だ。

他の利用者さんたちは、先ほどから始まったパフォーマンスショーを見に行っている。

「わたしたちも捜します！」

そうして小林さんは屋外エリアへ、わたしは深海エリアへと急いだ。

「岩井さん、ここにいたんですか」

小走りになっていたせいか、息が上がってしまった。

館内でも一番暗い、深海のエリアで岩井さんはじっと立っていた。大きなタカアシガニを、睨むように見つめている。

「どこにいようがわしの勝手だ」

視線をそのまま、岩井さんはぶっきらぼうに言う。てっきり「フン」とあしらわれるかと思っていた。

わたしは静かに岩井さんの隣に並ぶと、タカアシガニを同じように見つめる。

「タカアシガニって、大きいものだと両脚を広げた長さが三メートルほどにもなるんですよ」

「フン、そのくらい知っとる」

「海の中で出会ったら、びっくりしちゃいますよね」

「そんなんでいちいち心臓縮ませてたら、漁師なんてやってられんわい」

「岩井さん、漁師さんだったんですか？」

「フン。魚なんか見飽きとる。何が楽しうてこんな場所に来とんのか」

無視され続けるかと思いきや、意外にも会話のキャッチボールが続く。

「岩井さんたちが毎週来てくださって、生き物たちも喜んでます」

「フン」

本当はこの間のミスターの言葉を聞かせてあげたかったけれど、一蹴されてしまうだけのような気がしてやめた。

「いつも、どうしておひとりで行動されているんですか？」

「……フン」

「わたしには、岩井さんが何かを探しているように見えるんですが」

「……別に、なんも探しとらん」

「水族館の隅々まで、見てくださってるじゃないですか」

「……どうせ迷子扱いで捜しに来たんだろがい。すぐに戻るから放っといてくれ」

片手を払うようにして、岩井さんはわたしに背を向けて歩き出した。それでもやはり何かを探すように、ひとつひとつの水槽に視線をやる岩井さんを、わたしはじっと見つめていた。


香ばしい匂いが空腹感を煽る。もくもくと天井に立ち上る煙と、ガヤガヤとした心地よい喧騒にジョッキのぶつかる音が混じる。

「芽衣さん、お疲れ様っす！」

ごちん、と佐伯くんとわたしのビールジョッキが音を立てた。

どういうわけか今、わたしたちは水族館からほど近い焼き鳥の美味しい居酒屋に来ている。

「いやあ、こうして飲むのって芽衣さんの歓迎会以来ですよね。むしろ二人で飲むのって学生の時以来？」

「学生の頃も、ふたりで飲んだことはなかったと思うけど」

嬉しそうな佐伯くんの手前、わたしは作り笑いを浮かべながらとりあえずビールを飲んだ。

ことのあらましは、今日の終業後。着替えを終え、ミスターのもとへ向かおうとしたところで、佐伯くんと顔を合わせた。佐伯くんはわたしよりも前から、岩井さんのことを知っている。よく声もかけているから、岩井さんについて知っていることがないか尋ねたのだ。

まさか本人から「飲みながら話しましょ！」なんて言われるとは、思ってもいなかった。

断ればよかったのに、それよりも岩井さんの本音に近づきたいという気持ちが勝って、流されるようにお店まで来てしまった。

再就職してから、仕事終わりに飲みに来るなんて初めてのことだ。いや、それこそわたしの歓迎会をしてもらって以来。

「ふたりで飲みに行ったこと、ありましたよ！　俺が単位落としまくって落ち込んでたとき。芽衣さんが連れてってくれたじゃないですか」

そう言われ、ぼんやりと記憶が蘇る。

確かにわたしが大学三年、彼が二年だったとき、そういうことがあったような気がする。子犬のように、しょんぼりと落ち込んでいる佐伯くんを見兼ね、先輩ぶって飲みに連れて行ったんだっけ。

当時は今と違って、わたしも彼にネガティブな気持ちを抱いてはいなかったから。

「あのとき、そんな中途半端な想いで飼育員を目指すなって叱ってくれましたよね」

「佐伯くん、遊んでばっかいたもんね」

「単位落としたのは自業自得だったんですけど。芽衣さんの言葉で目が覚めました」

ありがとうございました、なんて頭を下げる佐伯くんに、わたしの中には苦いものが広がっていく。

そんな偉そうなことを言った張本人は、夢を叶えられずにいるのだから。

佐伯くんはいい子だ。だけど一緒にいると、劣っている自分を直視しなきゃいけなくて辛い。どうにか、学生時代の先輩という顔を保ってはいるけれど、薄っぺらいそれはどんなタイミングで外れてしまうか分からない。

「ところで、岩井さんのことなんだけど」

早いところ本題に入って、聞きたいことを聞いて解散しよう。お酒が入って本音がもれてしまったりする前に。

ちょうどそこで焼き鳥の盛り合わせが運ばれて来て、七味の入ったひょうたん型の入れ物を佐伯くんが手に取った。

「頑固じいちゃんの岩井さんですよね」

そのまま、わたしの好きなネギマを一本、取り皿に載せてこちらに手渡してくれる。せっかくなので受け取って「いただきます」と言ってから一口食べる。香ばしい炭の香りと柔らかいお肉から溢れる肉汁が口の中で広がって、思わず「おいしい！」と口にしてしまった。

佐伯くんが満足そうな顔をするので、なんとなく恥ずかしくなる。美味しいものは、いとも簡単に人を無防備にしてしまうらしい。もう一口ビールを飲み、んんっと咳ばらいをした。

「そう、その岩井さんなんだけど」

串をお皿に置き、わたしは背筋を伸ばす。

「どんな人か知りたいんだ。佐伯くんなら長い付き合いだし、何か知っているかなと思って」

「芽衣さんは、岩井さんが気になるんですか？」

そう聞かれ、少し考えてから素直に頷く。

岩井さんはきっと、何かを探しに水族館へやって来ている。

だけどそれはわたしの勝手な憶測で、ただの勘でしかなくて、だからこそ佐伯くんには言わなかった。

そんなわたしを見て、佐伯くんはひとつ息を吐き出す。きっと、意図を感じ取ってくれたんだと思う。

彼は七味を焼き鳥にパラパラと振りかけながら「俺もよくは知らないんです」と申し訳なさそうに口にした。

「たいようホームの人たちが毎週月曜日に来てくれるようになったのは、今から二年くらい前です。うちでも年間パスポートを作ろうという話になって、最初に購入してくださったのがたいようホームさんでした」

「岩井さんは、最初から？」

「いや、岩井さんが来るようになったのはこの一年くらいかな。最初は、ずいぶん無愛想なおじいさんだなあって印象で。だけど毎週必ず来てくれるから、絶対仲良くなるぞって思い続けてるんですけど……、まあ現状は見ての通りです」

苦笑いする佐伯くん。コミュニケーションの塊みたいな佐伯くんをもってしても、岩井さんは難攻不落らしい。

「一応、話しかければ返事はしてくれるんですけどね。放っといてくれ、って毎回最後には言われちゃいます」

「わたしもこの間言われたよ。放っといてくれ、って」

あのとき、岩井さんの言葉には確かに間があった。何かを考えるような、そんな一瞬が。

「あとは、たいようホームに来るまでは漁師をしていたってことしか。すいません、俺も岩井さんのこと全然知らなくて」

佐伯くんは「だけど」と続ける。

「俺、この辺りの漁師さんとはすごく仲良くしてもらってるんです。もしかしたらそこに、岩井さんのことを知っている人がいるかも」

大半の水族館は、漁師さんとは切っても切れない関係にある。網にかかったミスターのことを連絡してくれたのも、地元の漁師さんたちだった。

「芽衣さんと俺、休み同じですよね？　今度一緒に、港に行きませんか」

「……えっと」

そこでわたしは、泡の消えたビールをぐいっと喉の奥へ流し込む。

またもや休日を、佐伯くんと過ごすなんて。

だけどそこで、岩井さんの笑顔を見てみたいと言ったミスターを思い出す。そうだ、わたしだって、岩井さんのむすっとした表情以外の顔も見てみたい。

岩井さんの隠された願いがあるのなら、それを叶えたい。

喉から胃の底へと、しゅわしゅわとビールは落ちていく。

一度深呼吸を挟み、わたしはまっすぐ佐伯くんを見つめた。

「うん、一緒に行かせてください」

そう言ったところで、今度はかぼちゃコロッケが運ばれてきた。佐伯くんは子供みたいに無邪気な笑顔で「任せてください！」と胸を張った。

約束通り、休みの日に佐伯くんとわたしは、水族館近くの濱崎港に来ていた。

威勢のいい声に、次々と水揚げされるたくさんの魚。体長二メートルはありそうな大きなマグロが、次々と並べられていく。ずらりと並ぶ漁船の上空を、多くのウミドリたちが飛び交っていた。

せっかくだから、と朝競《あさせ》りを見学し、併設されている市場を覗いて歩きながら、漁師さんたちが一息つくタイミングを待つことにした。

「芽衣さん、これ見て！　でっかいホタテ！」

「ねえねえ佐伯くん！　海鮮丼、八百円だって！　安すぎない!?」

「芽衣さん、さっきイクラ丼食べたばっかかでしょ。でも俺もイカ焼き食べたい！」

最初は、仕事の一環だという気持ちでいたはずなのに、いつの間にかわたしたちは初めて港に来たかのようにはしゃいでいた。

水族館の飼育スタッフは、自分たちで生き物たちを捕獲してくることも多い。漁に同行させてもらうこともあり、佐伯くんはもう何度もここを訪れている。そしてわたしも、水族館で働くひとりとして、個人的に見学に訪れたことは何度かあった。

それなのに、今日の港見学は色々なことが新鮮に映った。

ぴちぴちと跳ねる魚たちが立てる水しぶきとか、見慣れない形の魚や貝に、漁師さんくたちの威勢のいいやりとりや熱気。イクラ丼だって、ひとりで食べたときよりもおいし感じた。

「おっ、佐伯さんじゃないか」

「藤田《ふじた》さん、お疲れ様です！」

市場を歩いていると、いろんな人が佐伯くんに声をかける。漁師さんだけでなく、食堂やお店の人たちからも、佐伯くんは人気者だ。

「今日は私服なんて、デートかい？」

「あはは、そうならいいんですけどねえ」

そんな会話に慌てて「蛍石水族館で働いている、水原といいます」と頭を下げる。

「今日は仕事の用事で来ていて」

わたしが説明しようとすると、藤田さんと呼ばれたおじさんは「まあまあ、いいって。それよか、うまいもん食べた？」と歯を見せてにかっと笑う。わたしの親と同世代くらいだろうか。日に焼けたその姿は、ザ・漁師という出で立ちだ。

「あ、そうだ。藤田さんにちょっと聞きたいことがあるんですけど」

「なんだい？」

「数年前まで漁師をしていた、岩井さんって知ってますか？」

佐伯くんが質問をすると、なぜかわたしの背筋が伸びる。

そうだ、今日の目的は岩井さんについて知ることだった。漁港や市場を楽しんでいた自分がちょっと恥ずかしくなる。

「名前は聞いたことがある気がするよ。いかんせん、漁師は大勢いるからな。他の人らにも聞いてみようか」

ついておいで、という藤田さんの後ろを佐伯くんと追いかける。

たくさんのお客さんで賑わっている市場を抜けて、大きな競り場を通り越し、船がいくつも並ぶ港へと向かう。

ひととおりの作業が終わり、一服する漁師さんたちの姿が見え始めた。

「おおーい、誰か、岩井さんって漁師知ってるー？」

藤田さんが大きく手を振って言うと、漁師さんたちが顔を上げる。

「佐伯さんらが、知りたいんだと」

大雑把な声かけに、こちらがどぎまぎしてしまうけれど、藤田さんたちにとってこういう雰囲気は日常のようだ。

数人が「知らん」と言い、他の数人が「岩井さん、分かるぞ」と答えてくれた。

「岩井さんと一番親しかったたんは、小池《こいけ》さんじゃないかね」

ひとりがそう言うと、藤田さんは周りをきょろきょろと見回す。それから「いたいた」と一番端の漁船までわたしたちを案内してくれた。

「小池さーん、この人らが岩井さんについて知りたいって」

藤田さんの再びの大きな声に、漁船の中からひとりの漁師さんが降りてきた。見たところ、七十歳手前くらいだろうか。日に焼けた肌にぴったりの、意志の強そうな雰囲気が印象的だった。

「あの、はじめまして！　蛍石水族館で働いている、水原芽衣といいます！」

一歩前に出て頭を下げると、佐伯くんもそれに倣った。

「岩井さんについて、知りたいと？」

まっすぐな声で尋ねられ、わたしは素直に頷く。

「グループホームの見学で、うちの水族館に毎週来てくださってるんですが。何か事情があるように思えて……」

あくまでも憶測なので、言葉尻が小さくなる。しかし、小池さんはそれだけで状況を察してくれたのかもしれない。ガハハと笑うと「あの岩井さんじゃ、手を焼いているだろうね」と顎のあたりを触った。

「なんせ、素直になるのが一番苦手な人だからなあ。誰かの助けを借りるのも下手くそで、なんでもかんでも自分でどうにかしようとしちゃうから。どうにもならないことだってあるのによ」

　言葉とは裏腹に、小池さんは楽しそう。きっとふたりは、とても仲が良いんだろう。

「岩井さんは元気にしてるか？」

「はい。あまり言葉数は多くないですけど……」

「なあに、それどころかフンしか言わないんだろ」

　にやりとした小池さんに図星を突かれ、返事に困ってしまう。それを見て小池さんはまた笑った。

「岩井さんとは、四十年近くの付き合いだ。子供はいなくて、料理上手な奥さんとふたり暮らしだった。だけど年齢と共に、足が思うように動かなくなっちまってな。おととし、引退したんだ」

　グループホームには、夫婦で入居している人たちも多いと聞く。だけど岩井さんの近くに、奥さんらしき姿は見られない。いつだって岩井さんはひとりで、水族館の中で過ごしている。

「今、奥さんは……」

「去年亡くなったよ。岩井さんはそれを機に、たいようホームに入ることを決めたんだ」

小池さんはあくまでも変わらないトーンで言ったが、わたしと佐伯くんは言葉を失った。そんなわたしたちを見て、小池さんは笑う。瞳を優しく細めながら。

「なあに、そんな顔をする必要はねえよ。誰にだって、必ず訪れることだ。俺はほっとしてるんだ、岩井さんがホームに入るって決めてくれて」

他人を頼ることが出来ず、弱さを見せるのが苦手な岩井さん。だけどグループホームに入れば、無理やりにでも職員さんたちが身の回りの世話を焼いてくれる。そうすれば岩井さんが、ひとりぼっちにならずに済むと。

「実際にこうして、水族館で働くふたりがここに来てくれた。岩井さんのために、何かをしたいっつう想いだけで」

その言葉から、表情から、小池さんが岩井さんを大切に思っていることが伝わってくる。

あんな不愛想なのに人たらしなのが、岩井さんの不思議なところだ。

小池さんは首を捻りながら、そうも続けた。

「奥さんってどんな方だったんですか？」

佐伯くんが質問を口にすると、小池さんは懐かしむように視線を上へと向ける。

「岩井さんとは正反対の、明るくて朗らかな人だった。ふたりはとても、仲が良かったよ。本当に料理上手で、この辺りじゃ一番の腕前だったと思う。煮付けもあら汁も最高だった」

「食べたい……」

意図せず本音が落ちると、小池さんと佐伯さんが同時に笑って恥ずかしくなる。食いしん坊だと思われたかも。いや、もうとっくにバレているか。今日の市場での言動を思い返しながら、半ば開き直るような気持ちになってくる。

小池さんはもう一度空を仰いでから、わたしたちをまっすぐに見る。

「岩井さんの行動には、常に理由があるんだ。だからきっと、水原さんが何かを感じているならば、岩井さんは困ってるんだと思う。だからどうか、手を貸してやってくれないかな。あの通り、自分から手伝ってほしいなんて言えない人なもんでな」

そう言ってこちらに頭を下げた小池さんに、わたしは力強く頷いた。

佐伯くんと港へ出かけてから、彼に対する自分の気持ちに変化が起きているような気がする。

館内で偶然会うと、なんかそわそわしてしまうし、楽しそうにお客さんと接している姿を見ると、わたしまで自然と笑顔になっていることがある。

なんなら毎日のように、あの日のことを思い出している自分がいる。

誰もいない、大水槽エリア。またもや思い出に耽りそうになった自分の頬を「仕事中！」とペシペシと叩いていると、ミスターが優雅に泳いできた。

「イルカトレーナーの彼とのデート、楽しかったようですね」

「デ、デートなんかじゃないし！」

慌てて否定するも、ミスターは菩薩のような穏やかな表情を浮かべていて尚更恥ずかしい。

「いいじゃないですか、楽しかったのならば素直にそれを認めても。ほほほっ」

「た……、楽しかったのは楽しかったけど……」

「けど？」

「なんか、悔しくって」

「何がですか？」

「なんていうか、わたしにとって佐伯くんはちょっと苦手な相手のはずで。わたしが持っていないものを全部手にしていて、ここではわたしの方が後輩だけど、彼のスタンスはわたしが先輩で」

「ふむ」

「そんな相手に、なんというか……そういう感情を抱くのが複雑で……」

話しながら、自分でも何を言っているのかよく分からなくなる。

あの日は、確かに楽しかった。佐伯くんのいいところを再発見して、尊敬するところもたくさんあると改めて思った。彼と一緒でなければ、あの楽しさにも、漁師の小池さんにもたどり着くことは出来なかっただろう。

だけど、だからこそ、こんな気持ちになる自分が複雑で仕方ない。

「色々な事情はあるのかもしれませんが、そういうものを全部取っ払ったありのままの姿が、一番大事なんだと思いますよ」

ミスターの言葉に、わたしは顔を上げる。

「イルカトレーナーであることや、先輩であり後輩である彼ではなく、ひとりの人としての彼と一緒にいて楽しかった。それでいいんじゃないでしょうか」

「……ひとりの人として」

そう言ったところで、はたと我に返る。

このままじゃミスターの言葉に導かれるように、とんでもないことを認めそうだ。それは自分のプライドが許さないと感じたわたしは、「それよりも！」と勢いをつけて立ち上がる。

「岩井さんのこと！　いくつか分かったことがあったから、ミスターに報告したかったの」

今日はミスターに、その話をしようと思っていた。「ほらほら」と切り替えるように両手を振る。ミスターはそれ以上、佐伯くんのことは追及しようとはしなかった。

「なるほど。奥さんがいらっしゃったんですね」

「小池さんが言うには、とても仲の良い夫婦だったみたい」

「それは……、寂しいでしょうね」

言葉を選ぶように、ミスターが静かに言う。

小池さんは、誰にでも訪れることだと言っていた。人は誰だって、いつかは必ず人生を終える。わたしはまだ結婚なんてイメージも湧かないけれど、人生のパートナーに先立たれるということが、つらく寂しいことであるのは想像出来る。

仲が良かったのならば尚更、寂しさは大きいはず。それでも誰にも素直になれない岩井さんは、その孤独をひとりきりで抱えているのかもしれない。

「もしかしたら岩井さんは、奥さんを捜しているのでは？」

「奥さんを……」

たとえば岩井さんが過去に、奥さんと一緒に蛍石水族館に来たことがあるとか？

たとえば奥さんとの思い出が、この場所にあるとか？

わたしも、ミスターと同じように感じているのは事実だった。

水深八メートルほどある水槽を、ぐっと見上げる。

すると、この水槽内に一匹だけいるウミガメがゆっくりと近づいてくるのが見えた。

周りに、イワシたちを引き連れて。

「おやおや、イワシさんどうかしましたか？　え、ウミガメさんが話があると？　はい、はい……」

ミスターとウミガメ、イワシたちが何やら会話をしているのを、わたしはじっと見つめていた。すると突然、「お嬢さん。岩井さんはウミガメさんっぽいでしょうか？」とミスターに聞かれて面食らってしまった。

「岩井さんというのは、ワシに似た強面のじいさんか？　とウミガメさんが」

シワのある、威厳のある顔つき。芯のありそうな、黒い瞳。他人に媚びたりしない、精悍な雰囲気。水槽の中、単独で行動するウミガメは、たしかに岩井さんと共通するところが多いようにも思えた。

わたしがそれを伝えると、今度はミスターがそれをウミガメたちに説明する。こうしていると、ミスターは水槽内の通訳みたいだ。

ひと通りの話が終わったのだろうか。スイスイーッとウミガメは水槽の奥へ泳いで行き、イワシたちも再び上の方へと上がっていく。

残されたミスターがわたしに向き直る。

「ウミガメさんが教えてくれたのですが。岩井さんはいつも手に、チケットの束のようなものを握りしめているそうです」

ウミガメは、視力がいいと言われている。水中でも遠くまでよく見えると。

「チケット……って、うちの？」

「そのようです」

岩井さんたちは、それぞれの年間パスポートで入館している。ひとりずつ、顔写真と生年月日の入った、本人しか使えないものだ。岩井さんにチケットは必要ないはず。

「もしかしたら、そこにヒントがあるのではないでしょうか」

ちょうど、明日は月曜日。岩井さんはきっと、いや、絶対に、明日も蛍石水族館に来るはずだ。

大切な何かを、大切な人を、見つけるために。


翌日の月曜日は、今にも雨が降り出しそうな曇り空が広がっていた。晴れていれば青く見える海も、こんな日は空とよく似た色になる。

「岩井さん、こんにちは」

今日も岩井さんがいなくなり、一通り館内を捜し続け、ひとり屋外エリアにいたのを見つけた。今日は、ペンギン舎をじっと見ている。

「今日は曇り空ですね」

同じように、手すりに手をやると岩井さんは「そんな日だってあるわい」とぶっきらぼうに言った。

たいようホームの職員さんには、岩井さんと話をしたいと時間をもらっている。

わたしはそっと、岩井さんの杖を持っていない方の手に視線を向ける。ウミガメの言った通り、その手には輪ゴムで束ねられたチケットが握られていた。紙製のそれは、随分とボロボロになっている。

ひとつ呼吸を挟み、ペンギン舎を見る。

雲の隙間からの日差しを浴びようと、空に顔を向けじっとしている子。ぺたんぺたんと歩いている子。洞窟の中で、ペアでじっとしている子。今から水中へ飛び込もうとしている子など、思い思いの時間を過ごしている。

「ペンギンって、人間のように夫婦になるんですよ」

「……フン」

「特定の相手とペアを組むんです。そしてつがいになると、一生添い遂げると言われています」

このペンギン舎にも、つがいとなったペアが何組も生活している。彼らはいつも一緒にいて、寄り添い合い過ごしている。

今度は岩井さんは、「フン」とは言わなかった。ただじっと、ペンギンたちを見つめている。

「岩井さん、わたしに出来ることはありませんか？」

ひゅうっと、潮風がわたしたちの間を抜ける。ペンギンが「ボェーッ」と鳴く。

「……えらくごっつい声で鳴くんだな」

岩井さんの言葉を聞いて、わたしは思わず笑ってしまう。

わたしも最初にペンギンの鳴き声を聞いたときには、同じことを思った。もっとピーピーとかキュイキュイとか、可愛らしく鳴くと思っていたから。

「死んだばあさんが、よく来ていたらしい」

唐突に、岩井さんが口を開いた。

岩井さんは左手を胸の前に持ち上げ、握っていたチケットの束をじっと見つめる。

「遺品整理してたら、ここの券がたくさん出てきてな。俺が漁に出てる間、よく来ていたらしい」

岩井さんはそう言うと、いつものように「フン」と鼻を鳴らす。

「漁師の妻で、魚なんか見飽きるほど見てきたはずなんに。なんでわざわざこんなとこに通ってたんだか」

わざとそんな言い方をしていても、岩井さんの横顔には寂しさが滲んでいた。

岩井さんは、知りたいんだ。大切な奥さんが、この場所に通っていた理由を。

「一緒に探させてください」

もう一度しっかりと、岩井さんの顔を見る。意志の強そうな、黒い瞳をまっすぐに。

ひゅうっと再び、潮風が吹く。

岩井さんはくるりとわたしに背中を向けて、コツコツと杖をついて歩き始める。そして三歩ほど進んだところで、足を止めた。

「俺よりは、ここに詳しいんだろうからな」

手を貸してほしいとか、困っているとか、絶対に言ったりしない岩井さん。そのひとことは、岩井さんなりの素直な気持ちの表れだった。


「芽衣さん、すごいじゃないですか！」

たいようホームのみなさんが帰ると、イルカショーを終えた佐伯くんがわたしのことを捜しに来た。岩井さんとどうなったのか、気になって仕方がなかったのだという。

「いや、そんなことないよ。手伝ってほしいって直接言われたわけじゃないし」

「岩井さんなりの、手伝って、でしょ。あの岩井さんですよ？　芽衣さんにだから、話してくれたんだと思う」

港に連れて行ってもらったこともあり、佐伯くんに簡単に報告をしたところ、大袈裟なくらいに彼は喜んでくれた。

「俺たちって最終的には、お客さんと水族館スタッフっていう関係を越えられないじゃないですか。そんな中で、岩井さんのために業務と関係なく動ける芽衣さんはやっぱりすごいよ」

「ありがとう……」

佐伯くんは、いろんな人の良いところに気付ける名人だ。それでもこの言葉が決して大袈裟ではないことは、佐伯くんを見ていれば分かる。そしてそのことを、嬉しく思ってしまう自分もいた。

「それで、何かヒントはあったんですか？」

「それがね、岩井さんの奥さんは蛍石水族館の常連さんだったみたいなの」

「いつ頃ですか？」

「岩井さんが漁に出ている間に来ていたみたいだから、二、三年前くらいなのかな」

わたしの言葉に、佐伯くんは「もしかして」という顔をする。

ちょうどそこに、小林さんが通りかかった。

「あ、小林さん！」

迷いなく呼び留める佐伯くんに、わたしは内心びくびくしてしまう。小林さんは公私混同しないタイプの人だと思うし、わたしが岩井さんのことを気にかけていると知られたら何か言われてしまうかもしれない。

小林さんは「ふたりでなんの話？」と言いながら、長靴をパタパタいわせてやって来る。

「年間パスポートを始めるちょっと前に、毎日のように来ていたおばあさんがいましたよね？」

佐伯くんの質問に、小林さんはふと遠くを見る顔になる。それから眉毛をぴくりと上げると「ああ」と頷いた。

「いたいた。旦那さんが漁師の、ペンギンおばあちゃんでしょ」

「ペンギンおばあちゃん、ですか？」

思わずその言葉を繰り返し、前のめりになった身を慌てて引っ込めた。そんなわたしのことを意外そうに見ながらも、小林さんは教えてくれる。

「そう、とにかくペンギンが大好きでね。週の半分は来てたかな。ペンギン舎の前のベンチにずーっと座って、にこにこしながら見ててさぁ。いつからか姿見なくなっちゃったけど」

懐かしそうに目を細めた小林さん。

「で、ペンギンおばあちゃんがどうかしたの？」

そう続けられた質問に、わたしはぎくりと肩を揺らす。そんなわたしの心中なんか知らない佐伯くんが、興奮気味に「岩井さんの奥さんなんですよ！」と話す。そしてその勢いのまま、わたしが岩井さんの力になりたいと思っていることまでを、悪気なく説明してしまった。

ところが。

「――へえ、すごいじゃないの。あの偏屈じいさんが心を開くなんて」

想像に反してそんな言葉をかけてくれた小林さんに、わたしはちょっと驚いていた。

「あの、怒らないんですか……？　公私混同するな、って……」

どぎまぎしながらもそう聞くと、小林さんはぽかんと口を開けてから、「あっはっは！」と豪快に笑う。

「ちょっと、わたしどんなイメージなのよ？　お客さんのために頑張れるなんて、水族館スタッフとして素晴らしいことじゃないの」

「そ、そうですか……？」

「水原さんが自主的に作ってくれてる掲示物も、お客さんにすっごく評判いいんだよ。どんな仕事もそうだけどさ、決められたことをやるのだけが仕事じゃない。自分で考えて、お客さんはもちろん、この場所に関わる人たちや生き物たちのためにやるのが、本当の意味での〝仕事〟なんだとわたしは思うけど」

そう言い切る小林さんに、徐々に感動が広がっていく。だって前の職場では、「言われたことだけやってろ、余計なことはするな」と言われ続けてきたから。

「それにあなたが生き物たちのことを愛してるのも、みんな分かってるわよ。なんてったって、一晩中ジンベエザメについて、外で寝てたくらいだもんね」

「もしかして、あの夜わたしにブランケットをかけてくれたのって……」

「さあねえ」

ウインクして口笛を吹いた小林さん。勝手に孤独だと感じていたけれど、本当はいろんな人たちに見守られていたのかもしれない。

「わたし……、小林さんのこと誤解してたかもしれません……」

正直な気持ちを口にすると、佐伯くんが吹き出し、小林さんが「ちょっとお！」とすごみ、それからわたしたちは三人で笑った。

「水原ちゃんさ、そのくらい肩の力抜いてた方がいいわよ」

小林さんはそう言いながら、ぽーんとわたしの肩を叩く。それは、小林さんが親しくしている同僚たちによくする行為。それに気付き、胸の奥が熱くなってしまう。

ふと顔を上げると、ミスターがこちらを優しい瞳で見つめている。

「そうこうしているうちに、ペンギンの散歩の時間よ」

小林さんの声に、佐伯くんが手を打つ。

「そういえば今日からプレ公開でしたね」

そんな話をしていると、タイミングを見計らったようにペンギン担当の飼育スタッフが人工芝のカバーを広げにやって来た。

来月から正式に、ペンギンのお散歩のイベントが開催されることになった。ペンギンたちが、屋外エリアと大水槽のあるこのスペースまでを散歩しながら往復する。最近ではいろいろな水族館や動物園で行われていて、当館でもお客さんからのリクエストに応える形で練習を重ねている。

「ペンギンさんたちは、器用に歩かれますよねえ」

わたしにしか聞こえないけれど、ミスターが感心したように言う。ここ数日、ミスターはその様子を水槽の中から見るのを楽しみにしているようだ。昨日の夜も、ペンギンたちのすごさ、その姿の愛らしさを熱弁していた。水族館に来て、初めてペンギンを見たそうだ。

「お散歩、岩井さんの奥さんにも見てもらいたかったな……」

誰に言うでもなく、ぽつりと言葉が落ちる。

ぺたり、ぺたり。ボウェッ、ボウェッ。

ペンギンたちの気配が、どんどん近づいてくる。飼育スタッフに促される、白と黒のかわいらしい姿が見えてきた。

きょろきょろしながら、ペンギンたちは歩いてくる。ときおり立ち止まる子がいたり、別の方向に行こうとする子がいたり。

「わあ、かわいい！」

「こうやって歩いてる姿もまたいいね」

偶然その場に居合わせたお客さんたちが、パシャパシャと写真を撮る。

ペンギンたちの腕には様々な色の輪がはまっている。それは個体の識別のためのもので、蛍石水族館では番号で名前をつけている。

赤は一、青が二、黄色が三のような感じで、赤の下に黄色がついている子はイチサン、反対ならばサンイチのような感じだ。

ぺたんぺたんと歩く姿はつい、がんばれーと声をかけたくなる。佐伯くんも小林さんも、にこやかな表情で彼らを見守っている。

そんな中で、ミスターがペンギンの列の方へと泳いでいった。不思議に思って見ていると、ちょうど向かった場所にいた二羽のペンギンが立ち止まって水槽を見上げる。

普通に見れば、たまたま歩いていたペンギンのそばを、たまたまジンベエザメが泳いでいたというだけの風景。それでも今のわたしには、それが偶然ではなくて、ミスターが話しかけに行ったのだと分かる。

きっとわたしが発していた言葉から、岩井さんの奥さんとペンギンの間には何か関係があると察してくれたのかもしれない。

「お客さんたちも喜ぶだろうねえ」

「ペンギンの魅力を再認識してもらえますね」

小林さんと佐伯くんの会話を背に、わたしはさりげなく水槽に近寄る。

「やはり、以前ペンギンさんのことをよく見に来ていたおばあさんがいたそうです」

思った通り、ミスターはペンギンから情報収集をしてくれていたみたいだ。

「あのご夫婦のペンギンさんに、いつも話しかけていらっしゃったとのことでした」

ミスターと会話をしていた、つがいペンギンの後ろ姿を確認する。赤と緑のタグをつけた一羽と、ピンクのタグがふたつの一羽。その二羽は、どちらかが立ち止まるとそれを待ち、ぴったりとくっつくように歩いていった。

赤のタグは一、緑は八。ピンク色のタグは七を表す。

「イチハチと、ナナナナ……」

口の中でそう呟く。

どこか、どこかで見覚えのあるこの数字。

一八、七七、いちはち、ななな——。

「あっ」

わたしの仕事は、多岐にわたる。清掃をすることもあれば掲示物を作ることもある。お客様案内をすることもあれば、入口でチケットをチェックすることもある。

今日だって、たいようホームのみなさんの年間パスポートをひとりひとり確認させてもらった。その中で、一と八という数字が並んでいるのをわたしは見ていた。

「もしかして――」

いや、きっとそうだ。

胸の中に芽生えた予感は、強い確信へと変わっていった。


翌日、わたしはたいようホームを訪れていた。今日は遅番のため、午前中は少し時間に余裕がある。

「どうしても、岩井さんにお見せしたいものがあって」

突然のわたしの来訪に職員さんは驚いていたけれど、岩井さんの名前を出すとすぐに応接室へ通してくれた。

きっと職員さんは職員さんで、岩井さんの様子をずっと気にかけていたんだろう。

「それで、外出許可を？」

「はい、二時間ほどいただければ嬉しいです。ここからはタクシーで向かって、帰りもわたしが責任を持ってお送りします」

お願いします、と頭を下げると職員さんは優しく笑う。

「岩井さんは外出制限もないし、許可が必要なご家族もいらっしゃらないから。本人の意志で、お出かけしてもらうことは自由なのよ」

ホームで暮らしていると、外出も特別な理由がなければ難しいかもしれないと、先入観で思っていた。無知な自分が恥ずかしくなったけれど、知らないことは恥ずかしいことじゃない。これから、いろいろなことを学んで知っていけばいいだけだ。

そのとき、他の職員さんに連れられ岩井さんが部屋に入ってきた。立ち上がったわたしを見ると、一瞬目を大きく開く。それから「何しにこんなとこまで」と顔をしかめた。

「岩井さん、一緒に蛍石水族館に来てくれませんか？」

その言葉だけで岩井さんには通じたんだろう。「ずいぶんと早いな」とくるりとドアの方へ体を向けた。

「岩井さん、どこ行くの？」

慌てた様子の職員さんに、岩井さんは後ろ向きのまま動きを止めた。

「鞄を持ってくる」

わたしはそんな岩井さんの背中に向かって、小さくお辞儀をした。

昨日から引き続き、薄暗い雲が空を覆っている。明け方にさっとひと降りしたけれど、かろうじて今はやんでいる状態だ。

そんな中で、岩井さんとわたしはペンギン舎の前に並んで立っていた。

「……それで、何か分かったんか?」

移動のタクシーの中でも、岩井さんはひとこともしゃべらなかった。そして、わたしも話しかけたりしなかった。

後部座席の隣にいる岩井さんから、緊張が伝わってきていたから。じっとしたまま、だけどチケットの束を握る手には、ぎゅっと力が入っていた。

「ペンギンはつがいになると一生添い遂げるという話、覚えてますか?」

太陽が出ていなくても、ペンギンたちは日向ぼっこをするように空を見上げる。岩井さんはそんな彼らを見つめながら無言で頷く。

「ここにも多くのペアがいますが、特に仲が良いのがあの二羽です」

赤と緑のタグがついたイチハチと、ピンクのタグがふたつのナナナナ。

二羽の名前を教えると、岩井さんは「数字が名前なんか」とボソリと言う。

今日も入館する際に、岩井さんは年間パスポートを受付に提示していた。そこに印字されていた、一と八の文字。

「一月八日。岩井さんのお誕生日ですよね？」

「そうだが……」

「奥さんのお誕生日は、七月七日だったんじゃないですか？」

わたしの言葉に、岩井さんは今度こそ目を見開く。

「どうしてそれを……」

「あの夫婦のペンギンの名前。どこか馴染みがありませんか？」

「わしとばあさんの……」

イチハチは、岩井さんのお誕生日である一月八日。

ナナナナは、奥さんのお誕生日である七月七日。

「奥さんは、あの二羽に岩井さんとご自身を重ねて見ていたんじゃないでしょうか」

いつも寄り添い、仲の良いペンギンの夫婦。その姿は、奥さんにとっては特別に映っていたのかもしれない。

岩井さんの手は、小刻みに震えている。互いに前を向いているから、岩井さんの表情までは見えない。だけど、それでいい気がした。

「ばあさんに……、言われたことがあったんだ。水族館に行きませんかって」

手だけじゃない。その声も、小さく震えている。

「あの頃は、魚なんか見て何が楽しいんだ、ってな……。一度も付き合ってやらんかった……」

奥さんが残していた、たくさんのチケット。

岩井さんが知りたかった、奥さんがここに来ていた理由。

「一緒に来てやればよかったな……すまんかった、ばあさん……」

岩井さんがそう呟き、俯いたときだ。

パシャンと軽やかな音が、曇り空を裂くように響き渡る。イチハチとナナナナが、プールへ飛び込んだのだ。彼らは迷いなくこちらへと泳いでくると、岩井さんの前で同時に水面に顔を出した。

雲の隙間から黄色い光が差し込んで、水面をキラキラと輝かせる。

「きっと今も、奥さんは岩井さんのすぐ隣にいるんだと思います。この二羽が、ずっと一緒にいるように」

パシャパシャと、二羽のペンギンはしぶきをあげて泳いでいく。

「水原さん、といったか」

「はい、水原芽衣です」

「……ありがとう。ばあさんと、会わせてくれて」

「岩井さんが、諦めずにずっとここに来てくれていたからです」

わたしひとりじゃ、きっと辿り着けなかった。

佐伯くんがいて、漁師の小池さんがいて、小林さんがいて、ペンギンたちがいて、そして何よりミスターがいて。

岩井さんを想うみんながいたから、点と点が繋がったんだ。

「水族館には、人や生き物を繋ぐ不思議な力があるんです」

わたしの言葉に、岩井さんがゴシッと目元を袖で拭った。

わたしは顔をまっすぐに向けたまま、大きく深呼吸をする。潮風が胸いっぱいに流れ込んで、ころりと涙がひと粒こぼれた。

（第四章）クラゲは夢の隙間を漂う

今の世の中、インターネットの力は絶大だ。

誰でも投稿できるSNSは、見られなければそこまでだけど、拡散に次ぐ拡散が奇跡的に重なったときには、爆発的な影響力を持つ。

「すみません、館内マップが欲しいんですけど」

大学生くらいの女の子ふたり組に声をかけられ、わたしは腰につけているポーチからマップを取り出した。

「どうぞ、こちらです」

しかしふたりは顔を見合わせると、「それじゃなくて……」とポケットからスマホを取り出す。

「この手描きのマップが欲しいんです」

先日、蛍石水族館についての投稿が大きな注目を集めた。それは、わたしが詩葉のために作った手描きマップに関するものだ。

佐伯くんのすすめもあり、入口のお知らせボードに掲示していたものを、お客さんが撮影して投稿してくれたらしい。まさか、それがこんなに拡散されるなんて想像もしていなかった。

「すみません、こちらのマップは掲示しているものだけで」

わたしがそう言うと、女の子たちは残念そうに肩を落とす。

「あのマップがすごくかわいくって、今日は県外から来たんです」

話を聞けば、彼女たちは電車を乗り継ぎ三時間近くかけて来てくれたとのこと。

自分の描いたものがきっかけでここに来てくれたことが嬉しくて、それと同時に期待に応えられないのが申し訳なくもなる。

もともとは、詩葉にあげるためだけに描いたもの。友人相手だったから、私的な感想もたくさん入っているし、説明なんかもフランクだ。どういうわけか、それが「いいね」ということで拡散されたみたいだけど。

「張られているマップは、写真撮っても大丈夫ですか？」

「はい、それはもちろん！」

ボードの方に歩いていったふたり組の背中に、小さくお辞儀をしてからひとつ息を吐いた。

開館してから二時間弱。あのマップが欲しいと言われたのは、もう何度目だろうか。

「芽衣さん！」

ひょこっと視界に佐伯くんが現れて、ついつい「ひゃっ！」と小さな声を上げる。

「さっきのお客さんも、マップ欲しいって？」

一部始終を見ていたのか、佐伯くんの言葉にわたしは戸惑いつつも頷く。

「まさか、あんな手描きのマップが注目されるなんて思ってもなかった」

正直に本音を言うと、佐伯くんは「SNS、恐るべし」と頷く。それからすぐにパッと顔を輝かせた。

「芽衣さんのオリジナルマップ、印刷して公式マップの隣に置くって館長が言ってましたよ」

「ええっ!?」

「一般のお客さん向けに、少し手を加えてもらうかもしれないけど、ベースは変えずにこのままでって」

「そんなの聞いてないよ！」

「俺も、さっき聞いたばっかかですよ。お客さんからの問い合わせも多いからって」

「だ、だけど」

「芽衣さんの想いが認められたんですよ！　すごいことじゃないですか！」

わたしよりも嬉しそうにしている佐伯くんの横で、ドキドキ高鳴る心臓を深呼吸して落ち着かせる。

自分が作ったものが認められた——って思ってもいいんだろうか。

前にミスターが、スタッフたちにもわたしの掲示物が好評だと言ってくれたことを思い出す。あのときは何かの間違いだと思ったけれど、小林さんとのやりとりや今回のことで、それも完全な間違いではなかったのかもしれないと思えるようにはなっていた。

「芽衣さん、もっと自信持っていいと思うよ」

「そんなの、難しいよ」

「そうかぁ……」

佐伯くんは少し考えるようにしたあと「じゃあ」と笑う。

「その分も、俺が芽衣さんを信じるよ」

さらりと放たれたその言葉は、不思議なくらいにわたしの心を照らしてくれる。

自分に自信は持てないけれど、その分を彼が認めてくれるならば、無理やり自分を肯定しなければという義務感から解放されるような気がしてくる。

「……ありがとう」

ずっと、彼に対して劣等感を抱いてきた。自分の不甲斐なさを浮き彫りにされるような存在だと、遠ざけてきた。

だけど本当は、佐伯くんというひとりの人に、わたしはたくさん救われて支えられている。それはもう、間違いようのない事実だ。

わたしの言葉に、佐伯くんは少しだけ目を丸くしたけれど、すぐに普段の人懐っこい笑顔に戻った。

「どういたしまして」

些細な変化を察しながらも、あえて踏み込んだりはしない佐伯くん。

天真爛漫なようで、細やかな気遣いができる佐伯くんだからこそ、どんな人からも、どんな生き物たちからも好かれるんだろう。


「それじゃあミスター、最近はいろんな魚たちと仲良くなってきたの？」

いつものように、夜の大水槽エリアでミスターとの時間を楽しむ。

このところ、ミスターはイワシやウミガメ、この間のペンギンたちなどと、コミュニケーションをとることが出来るようになったらしい。

人見知り――魚見知り？――と言っていたミスターは、どこか照れくさそうに尾びれを振る。

「いえ、仲良くなんておこがましいですが。ありがたいことに、お話しをさせていただくことが増えてきました」

ここにやって来たばかりの頃のミスターを思い出す。

紳士的で、穏やかで、優しくて。

それでもわたし以外との関わりがなく、どこか寂しそうにも見えたミスター。そんなミスターに、わたしは自分自身を重ねていた。

だけど気付けば、わたしたちはふたりぼっちではなくなっていた。

この間、詩葉と平田くんが再びふたりで蛍石水族館へ遊びに来てくれた。彼の渡米のスケジュールが立ったらしく、その前にと足を運んでくれたのだ。

岩井さんは、奥さんの謎が解けたあとも、毎週水族館に来てくれている。お気に入りはペンギンで、この間はエサやり体験にも参加してくれた。イチハチとナナナナにばっかりあげようとするから、飼育スタッフがそれを止めるのが大変だったけれど。

佐伯くんが変わらずに支えてくれているのはもちろんのこと、小林さんとの距離が近づいたことにより、他のスタッフたちとも自然と会話が出来るようになってきた。

そしてミスターは、この水族館の生き物たちとの交流を楽しんでいる。

「わたし、蛍石水族館で働けて本当によかったなぁ……」

しみじみとそう言うと、ミスターがゆっくりと口から小さなあぶくを浮かべる。

「あれ、水原ちゃん？」

そこで突然、後ろから名前を呼ばれ、わたしは慌てて立ち上がった。ミスターと会話しているところを見られたかと思ったからだ。

ミスターの声は他の人には聞こえないはずなので、厳密にはわたしがひとりごとを言っている場面という形にはなるのだけど。

「小林さん、お疲れ様です」

やって来たのは、私服姿の小林さんだ。珍しい、いつもは仕事が終わるとまっすぐに帰っているのに。

小林さんはゆっくりと歩いてくると、わたしの横の段差に腰を下ろした。なんとなく、合わせるようにわたしも再びそこに座る。

薄暗く静かな空間で、弱い光が水槽の中を通過して足元をちらりちらりと照らす。

「水原ちゃん、よくこうして閉館後に館内にいるの？」

「はい。今日も一日終わったな、ってほっと一息つけるというか」

「分かるわぁ〜。わたしも若い頃は、よく閉館後に館内を歩き回ってたもんね。やっぱり癒されるのよねえ」

仕事を終えてから、毎晩のように大水槽前にいるのはわたしぐらいだけど、今日の小林さんのように帰る前に館内で時間を過ごすスタッフは少なくない。佐伯くんもよく、着替えてからイルカプールでゆったりと過ごすことがあると言っていた。

「みなさん、生き物たちが大好きですもんね」

わたしが言うと、小林さんは「そうよ」と頷く。

「好きじゃなきゃ、水族館で働き続けるなんて無理よ。表から見たらかわいさと癒しでいっぱいかもしれないけど、実際には体力仕事だし大変なこともたくさんあるしねえ」

大きくため息をつく小林さんの横で、わたしは水槽の中をゆっくりと泳ぐミスターたちを見上げた。

わたしたちのような運営スタッフは、力仕事のようなことはあまりしない。お客さんと直接接する仕事や事務的な仕事が多く、どちらかと言うと、精神的にどっと疲れることも多い役回りだ。

そして飼育スタッフは、文字通りの体力仕事。大きな水槽の掃除だって毎日するし、凍った状態のエサを生き物たちに合わせて用意する調餌《ちょうじ》だって大仕事。今度はそれをバケツいっぱいに入れて運び、担当する生き物たちにエサを与える給餌《きゅうじ》だって、体力を使う大変な作業だ。飼育スタッフは頭からつま先までをフル回転させながら、生き物たちを飼育している。

それでもみんながこの仕事を続けていけるのは、「水族館が好き」「生き物たちが好き」という強い気持ちが根底にあるからだと思う。

「はあ、疲れたわ……」

小林さんはぼんやりと、水槽を見上げる。

普段からパワフルで、さばさばとしていて、明るく元気な小林さんのこんな姿を見るのは、初めてだ。

「あの、大丈夫ですか……？」

余計なお世話かなと思いつつ、気になって聞いてみる。今日は平日でそこまでの混雑もなく、トラブルがあったという話は聞いていなかったけど。

小林さんは「はあ～」とひときわ大きなため息を吐くと、視線は水槽に向けたまま口を開いた。

「高校生の娘が、学校に行かなくってさぁ……」

そうして何度も深いため息を挟みながら、打ち明けてくれた。

小林さんの娘さん、美晴《みはる》ちゃんは高校三年生。これまで大きな問題もなく、友達もたくさんいて、学校生活を楽しく送っていたらしい。ところが、この一か月ほど、学校へ行かなくなってしまったのだという。

「何か理由があるんでしょうか……？」

「それがね、よく分かんないのよ。友達とうまくいってないのかって聞いたら、違うって言うし。悩みでもあるのかって聞いても、別にとか言うし」

もうお手上げだというように、小林さんは両手を広げて首を竦める。

美晴ちゃんは学校に行かず、かといってどこかに出かけるわけでもなく、家で過ごしているらしい。

「昼まで寝てるし、起きてもただゴロゴロしてるだけでさ。勉強とかやればって言っても、無視よ、無視！　なんだかねえ、まあそりゃね、いろんなことがあるんだろうけど。話してくれないと、こっちもどうにもしてやれないじゃない？」

文句を言いながらも、言葉の端々からは美晴ちゃんへの愛情や心配が伝わってくる。

ふと、実家の母にしばらく連絡をしていないことを思い出す。母も、わたしが前の職場をやめたとき、こんな風にずいぶん心配していたんだろう。

「仕事中もね、今頃何してんのかしらとか気になっちゃって。そんな自分も嫌んなっちゃってね」

小林さんはそこで、ひときわ深いため息を吐いた。

「美晴ちゃんを、連れて来てあげるのはどうですか？」

「ここに？」

「平日ならばゆったりと過ごせますし、小林さんも仕事をしながら美晴ちゃんの様子をほどよい距離感で見ることも出来るかなって」

わたしの提案に、小林さんは腕を組んで「なるほど」と呟く。

「たしかに、家にこもってじっとしているよりは健康的よね」

「気分転換になるかもしれないですし、蛍石水族館に来ると癒されるってお客さんたちも言ってくれてますし」

「悪くないわね」

「小林さん、車で出勤されてますよね。朝一緒に来て、美晴ちゃんに開園までは事務所で待ってもらって――」

わたしが言い終わらないうちに、小林さんは勢いよく立ち上がった。

「事務所戻って、館長に娘連れてきていいか聞いてみるわ！」

パンッと両手を叩いたその姿は、もういつも通りの小林さんだ。ほっと息を吐くと、こちらに背を向けていた小林さんが振り返る。

「ありがとね、水原ちゃん！」

返事をしようとしたときには、小林さんの背中はもう通路の向こうに消えていた。

そんなわたしを見ていたミスターは、ほほっと笑うように口からあぶくを吐き出した。


翌朝、朝礼の場には美晴ちゃんがいた。

「小林美晴、高校三年生です。今日はお世話になります！」

大きな声で言ったのは美晴ちゃん——ではなく、母親である小林さんだ。その隣で美晴ちゃんは、無言のまま小さく頭を下げた。

鎖骨くらいまで伸びた茶色いストレートヘアに、くっきりとした二重の目。淡いブルーのブラウスに白いデニムがよく似合っている。かわいらしい印象の美晴ちゃんだけれど、その表情からは感情がよく見えなかった。

館長からは気にしなくていいと言われたみたいだけど、小林さんはちゃんとチケットも購入したようで、そういうところも小林さんらしいなと思った。

「運営スタッフの水原芽衣です。表にいることが多いから、ちょこちょこ顔を合わせる機会が多いかなと思って。よろしくね」

朝礼後、美晴ちゃんに声をかける。隣にいた小林さんが、「ほら、挨拶」と美晴ちゃんに耳打ちする。

「どうも」

ぼそりと言う美晴ちゃんを見て、小林さんは天井を仰ぐ。わたしはそんな小林さんに目配せをしてから、美晴ちゃんに笑顔を向けた。

「何かあったら、いつでも声をかけてね」

知っている人がいれば、心強い。だけどときに、知っている人がいると、気が張ってしまうこともある。だから多分、このくらいがちょうどいい。


「よく笑ってよくしゃべる子だったのよ」

ゲート前をほうきで掃きながら、小林さんはこぼす。

あと十五分で開館時刻だ。わたしたちはふたりで、そうじをしていた。美晴ちゃんは現在、事務所で待機中。オープンしたら、館内で自由に過ごしてもらう予定だ。

「ちゃんと挨拶も出来なくて、恥ずかしいし申し訳ない。ごめんね」

「気にしないでください。誰でも、そういうときはありますよ」

「水原ちゃんもあった？　思春期って言葉で片付けちゃいけないんだろうけどさ。まあ、そういう時期」

思春期らしい思春期は、自分ではあまり記憶にない。学校に行けなくなった小学三年生のときのわたしと、今の美晴ちゃんの状況は、また違うようにも思える。

それでもこの数年で、うまく笑えず、人と会っても上手に話せなくなった時期ならばあった。

「ここで働く前は、そうだったと思います」

「不動産会社、だっけ？　前の職場」

「はい、心身ともにだめになっちゃって。今こうやって水族館で働いて、また笑えるようになっているなんて、あの頃の自分に教えてあげたいくらいです」

「よっぽどひどい会社だったのね」

「どうだったんでしょうね。でもわたしは、頑張れませんでした」

確かに、よく叱られ、理不尽なことばかりだった。詩葉からもブラックだ、と何度も言われた。だけどきっと、それだけじゃなかったんだと思う。もっと根本的なところで、それはわたしの気持ちの問題で。

だって蛍石水族館で同じように叱られたとしても、理不尽なことを言われたとしても、絶対にやめようだなんて思わない。ここの場所が大好きで、ここで働く人たちを尊敬出来て、ここにいられることが嬉しくて——。

「ねえ、水原ちゃん」

ひとり物思いに耽っていたところを、小林さんの声で我に返る。

「はいっ」

条件反射で背筋がぴっと伸びてしまう。もう、小林さんが怖い人じゃないってわかっているのに。

「美晴の本心を、聞いてやってくれない？」

「わ、わたしがですか……？」

「水原ちゃんになら、美晴も話すことが出来るような気がして」

「わたしじゃ力不足だと思いますけど」

「ううん。水原ちゃんは美晴の本心も受け止めてくれる、って。そう言ってる」

「えっと、誰がですか……？」

「わたしの長年の勘が」

「か、勘……」

小林さんはなぜか誇らしげに胸を張ると、力強く頷いた。

年齢が近いこと、性別が同じこと。確かにそれは、話しやすい要因にはなると思うけど、だからといって、昨日今日会ったばかりのわたしに本音の部分を見せてくれるとは限らない。

「はぁ～……疲れたよ～……」

日曜の閉館後。わたしは大水槽の前で両手足を投げ出すようにして床の段差に体を預ける。

今日は本当に忙しかった。お客さんが多くて、お昼過ぎまではゲート前での案内に追われ、午後からはパフォーマンスショーのアナウンス。合間には、次のショーのための行列のコントロール。その後も各所からヘルプ要請が入り、閉館まで走り回っていた。

ずっと気が張っていたけれど、退勤カードを押して着替えた瞬間、どっと両肩に重たい疲れがのしかかってきた。まるで、大きなウミガメをおぶっているみたいな。

「今日はすごい人出でしたからねえ。本当にお疲れ様です」

ミスターから労いの言葉をもらうと、なんだか実家に帰ったような気さえする。

「水槽の中のみなさんも、今日はちょっと疲れたとおっしゃっています」

やっぱり生き物たちも、お客さんが多いと張り切ったりするみたいだ。そういえば佐伯くんもよく、お客さんが多い日のショーはイルカたちのテンションも高いって話していた。ショーでアナウンスをしていても、そう感じることは多い。

「今日も美晴さんは、クラゲ水槽を眺めて過ごされていましたよ」

「そっかぁ……」

美晴ちゃんが蛍石水族館に来てから一週間。小林さん曰く〝意外なことに〟、美晴ちゃんはほぼ毎日、小林さんの出勤と共にやって来て、一日を蛍石水族館で過ごしている。日曜日である今日はとても混雑していて、美晴ちゃんに声をかける余裕がなかった。慌ただしさに飲み込まれてしまうわたしは、蛍石水族館スタッフとしてまだまだだ。

「他のお客さんの邪魔にならないよう、後ろの隅のベンチにそっと腰掛けていらっしゃいました。若いのに、気遣いの出来る素敵なお嬢さんですね」

「そっか……。わたしよりミスターの方が、美晴ちゃんのこと分かってるかもしれないね」

小林さんから美晴ちゃんの本心を聞き出してほしいと頼まれてから、時間を見つけては彼女と心の距離を縮めようと努力をしているつもりだ。

それでも業務の合間でまとまった時間が取れないことや、何よりも美晴ちゃんが他人との会話を望んでいないように見えて、彼女のパーソナルな部分に近づくことが出来ずにいる。

一方、佐伯くんとはもう少し打ち解けているようで、そのことはわたしが踏み込むことを躊躇する一因となってしまっている。わたしよりも適役がいるのではないかと小林さんにやんわり伝えてみたけれど、取り合ってもらえなかった。

「見ているというのと、分かるというのは、また違うと思いますよ」

優しいミスターの声が響く。

「わたしも、同じ水槽にいるみなさんや、向こうの水槽のマンボウさんにクラゲさん、散歩されるペンギンさんたちを一方的にずっと〝見て〟いました。きっとこういう方々なんじゃないか、こういう生活スタイルなんだろう、などと思っていましたが、それはただの想像に過ぎなかったんですね」

「想像……」

「はい。実際にお話しができるようになってやっと、少しずつみなさんのことが〝分かって〟きたのではないかと思っています。それでもいやはや、まだまだですが」

そんなミスターの周りを、イワシたちがくるくるっと回っていく。ミスターはどこかくすぐったそうに、その体を少しひねる。

「あまり気負わず、お嬢さんらしく美晴さんと接していけばいいと思います。真心は、きっと伝わるのではないでしょうか」

「わたしに出来るのかな……」

「それは、やってみてから考えましょう。無理なときは、無理だったと素直にお伝えすればいいだけですよ。テイクイットイージーの精神です」

その発想はなかった。目からうろこが落ちるような感じがして、わたしは数度まばたきを繰り返す。

「やってみてだめだったら、無理って言ってもいいのかな」

「いいに決まっています。わたしだってイルカさんのように華麗な回転ジャンプをしてみろと言われても、まあチャレンジくらいはするかもしれませんが、無理ですと答えます。水しぶきでみなさんにご迷惑かけるでしょうしねえ。夏の暑い時期には、かえってみなさん喜んでくださるのかもしれませんけれども」

ほほ、と笑うミスター。そんな姿を見ていると、自然と肩の力が抜けていく。それから、ふっと笑いがこぼれた。

無理なものは無理。そうやって、割り切ったっていいのか。

当たり前のことなのに、ずっとしてはいけないと思ってきた。もしかしたらわたしの中には、そんな『こうじゃなきゃいけない』『こうしてはいけない』というものがたくさんこびりついているのかもしれない。

その翌日から、わたしはもっと気楽に、美晴ちゃんに声をかけるようになった。「おはよう」というただの挨拶から、「おなかすいちゃった。美晴ちゃんは？」という自分の本能に任せた発言、「美晴ちゃんってどんな音楽を聴くの？」といった気軽な話題まで。

最初は反応が薄かった美晴ちゃんだけど、それでも顔を合わせるたびに声をかけるわたしに、少しずつ言葉を返してくれるようになった。そしてついには、一緒にお昼休みを過ごすまでになったのだ。

「美晴ちゃんのお弁当美味しそう。小林さんが作ってるの？」

蛍石水族館の屋上には、従業員だけが入ることの出来る休憩スペースがある。日除けのパラソルと、簡易なテーブルセットのあるこの場所は、お弁当を持ってきている人たちには人気の場所だ。

その一角で、わたしたちはそれぞれのお弁当を広げていた。

「うん、毎日作ってくれてる」

桜でんぶがまぶされたピンク色のおにぎりに、ふっくらとした玉子焼き。香ばしい色合いの唐揚げにブロッコリーのサラダ。蛍石水族館の売店で売っている、海の生き物たちのピックが刺してあるのがかわいい。

「うちのお母さんあんなだけど、かわいいものが好きなの」

「意外！　姉御肌って感じだから……」

素直にそう言ってから、ハッと失言に気付く。意外だなんて、小林さんに聞かれたら怒られちゃいそうだ。

「えっと、今のはそういう意味じゃなくって」とあたふたするわたしを見て、美晴ちゃんはぷっと吹き出す。

それは、彼女がここに来てから初めて見せた笑顔だった。

「いや、どう考えても意外でしょ。セイウチとか好きそうなのに、一番好きなのクリオネなんだよ。理由は、流氷の天使だから、だって」

両手を胸の横でひらひらさせる美晴ちゃんに、今度はわたしが笑ってしまう。そんなわたしを見て、美晴ちゃんは両手を下ろすとお弁当に目をやった。

「芽衣さん、何も聞かないんですね……」

「え？」

「なんで学校行かないんだ、とか。何かあったのか、とか」

　そのままお箸でツン、と玉子焼きをつつく。

　そこでわたしは理解した。きっと美晴ちゃんは、それをずっと警戒していたんだ。母親の同僚という、自分とは直接関係のない人間が、触れられたくない部分に手を伸ばしてこようとしている。そんなことから自分を守るために、美晴ちゃんは固い鎧《よろい》を着ていたのかもしれない。

　わたしは「いただきます！」と両手を合わせると、自分のお弁当のウインナーを口に入れた。カットしたウインナーとピーマンを塩胡椒で炒めただけのおかずだけど、わたしの大好物。小さい頃、母がお弁当に入れてくれたのと同じものだ。

「美味しい！」と声に出し、それから空を見上げる。晴天の今日は、雲ひとつない青空が広がっている。

　美晴ちゃんはわたしを見てから、同じように手を合わせ「いただきます」と小さく言った。

「自分のことなのに、よく分からないことってあると思うの」

　重い空気にならないよう、今度は梅干しをのせたご飯を食べながら、わたしは話す。

「そういうときに、他人からあれこれ聞かれたり、言われたりしても、息苦しくなるだけかなって。わたし自身がそうだったから」

そう話しながら、前の職場をやめたばかりのときのことを思い出した。

毎日が苦しくて、体が重たくて、本当の自分じゃないように感じて。きっとその変化に、周りは気がついていたと思う。心配するがゆえにかけてくれた言葉たちも、そのときのわたしには煩わしく感じた。そして迷惑そうにあしらってしまう自分に嫌悪感を覚えたりして。

なんとなく、今の美晴ちゃんはあのときのわたしと似たような感情を抱いているのではないかと思った。

美晴ちゃんはかわいらしいピンクのおにぎりを齧ると、しばし考えにふけっている。それから、少しだけためらいながら口を開いた。

「なんていうか、まだまだ先だと思っていた未来が、すぐそこまで現実になってやって来ている感じがしちゃって」

高校三年生になった美晴ちゃんが通うのは、自由な校風が売りの学校だ。和気藹々《わきあいあい》とした雰囲気で、美晴ちゃん自身も楽しく学校へ通っていた。

「それが二年生の終わり頃から、急にみんなが進路の話とかするようになって」

これまで毎日のようにくだらないことで笑い合って、遊んできたクラスメイトたちが、実はしっかりとした将来の目標を持っている事実を目の当たりにした。

「看護学校に進んで看護師になるとか、法律関係の仕事に就きたいから法学部を目指すとか、美容師になりたいからどの専門学校にするか迷ってるとか、留学するって友達もいて……。なんなの、みんないきなり意識高いじゃんって感じで……」

無理やりに口角を上げ、笑顔を作ろうとする美晴ちゃん。だけどそれは、大きな不安の裏返しだ。わたしはただ、黙って話を聞いている。

「わたしは、将来の夢とか、行きたい大学とかあるわけじゃないし。なんかまあ普通に、どこかの大学入ってどこかの会社に就職して、そのうち結婚して子ども産むんだろうなとか。そのくらいしか考えてなかったから」

みんな同じだと思ってたのに、と美晴ちゃんは続ける。

周りの様子を見て、美晴ちゃんは自分自身と向き合ってみた。自分は何が好きで、どんなことに興味があって、得意なことはなんなのか。だけどどう頑張っても答えは出ない。学校に行けば、自分の道に向かって進もうとしているクラスメイトたちを見て焦りを覚える。そのうち、自分がどうしようもない空っぽな人間に思えてきて、学校に行く意味が分からなくなってしまった。

「こんな自分じゃ、大学に行ってもお金の無駄になるだけだと思うし。だけど働くって言っても、どこでどうやって？　とか色々と考えたら、もう全部分かんなくなってきちゃって……」

はあ、とため息を吐き出す美晴ちゃん。

「美晴ちゃんは、優しいね」

話がひと段落したところで、わたしは箸を置いた。

「優しい……？」

「うん。小林さんに心配をかけたくなくて、ひとりで抱えていたんだよね」

学校に行かない理由を聞いても、何も答えてくれないと小林さんは言っていた。きっとそれは、美晴ちゃんなりの小林さんへの思いやりだ。親は、子供にいつでも頼ってほしいと思っている。子供は、親に心配をかけちゃいけないと思っている。

親子には、互いを思い合うがゆえの距離みたいなものがある。

美晴ちゃんは大袈裟なため息を吐き出すと、「お母さん、しつこいんだもん」と悪びれることなく言う。

「こんなこと話したって、なんでもいいからとりあえず大学は行きなさいって言われるだけだろうし」

大人になった今ならば、よく分かる。十代という年齢で将来のビジョンを明確に描けている人の方が、ずっと少ないということを。たまたま美晴ちゃんの周りには目標を持つ子たちが集まっていただけで、この時期にやりたいことがないというのはごくごく普通のことだ。

そういうときには、とりあえず大学に行って考えてみたらいい、というのは大人の一般的な意見のひとつだと思う。

だけど、今まさにその瞬間を生きている美晴ちゃんが求めているのはそういう言葉ではないということも、なんとなく分かる気がした。

十代というのは、真っ直ぐに生きられる年代だと思う。自分はこうだという確固たるものが欲しくて、自分といえばこれという自他共に認めるものが欲しくて、それを指針にして進んでいく。

なんとなく、とか、ふわふわとしたものは、どうしても心許なく感じてしまう。

「芽衣さんはどうだった？　わたしくらいの時、進路は決まってたの？」

純粋な質問に、ずきりと胸が痛む。幼くて、挫折を知らなくて、まっすぐすぎたあの頃のわたし。

自分でも見ないようにしてきた部分。だけどこうして全てを話してくれた美晴ちゃんに、わたしもきちんと答えなければ。

「わたしは……」

口を開いたときだ。

「芽衣さーん、美晴ちゃーん！」

底抜けに明るい声が、わたしたちの名前を呼ぶ。

顔を向けると、小脇にパンを抱えた佐伯くんがこちらに駆けてくるのが見えた。

美晴ちゃんはぷっと吹きし「佐伯さん、本当にワンコ男子って感じ」と笑う。そんな彼の登場に、小さく胸を撫で下ろし、心の中でワンコ男子に「ありがとう」と手を合わせた。

夢は叶うと信じて疑わなかった。努力は必ず報われるし、願い続けていれば絶対に夢は現実になる。夢を夢で終わらせてしまった人がいるというのは、その人が途中で諦めてしまったからだと思っていた。

高校三年生の教室で、わたしは誰よりも明確な将来の夢を持ち、それに向けてすでに努力を重ねていた。

「わたしはイルカトレーナーになるから、海洋大学に行く」

胸を張ってそう宣言していたし、それこそが自分のアイデンティティだとも自負していた。

水族館の飼育員になるには、潜水士とダイビングの資格があった方が有利だと聞いて、幼少期から始めたスイミングスクールも通い続け、進学のための勉強も毎日頑張っていた。

夢がないというクラスメイトたちのことをとやかく思いはしなかったけれど、それがどういうことなのか理解は出来なかった。

イルカトレーナーになるという夢があったから、あの頃わたしはどんなことでも頑張れた。夢を叶えるために努力して、頑張るたびに夢に近づいていると信じきっていた。

それは、大学に入っても変わらなくて。

――なんて、なんて愚直だったんだろう。

「芽衣さん、芽衣さーん！」

ゆさゆさと肩を揺さぶられ、ゆっくりと瞼を開ける。

わたしにとって、一番安心できる場所。心が安らぐ青い空間で、佐伯くんがわたしを見ている。

「へ……?」

ぼうっとしたまま、首を傾げる。

これは、夢?

「こんなとこで寝てたら風邪引きますよ。せめて仮眠室で寝てください」

佐伯くんに苦笑いしながら言われて、少しずつ意識が覚醒していく。

そうだ、わたしは終業後にここに来て、またミスターと話をしていて、なんだか眠くなっちゃって――。

「って、今は何時!?」

完全に目が覚めたわたしは、慌てて腕時計を見る。それからガックリと項垂れた。

午前一時十五分。

よくぞこんなところで、そんなに長くうたた寝が出来たものだ。気付いたら、肩も首も腰も悲鳴を上げている。

「佐伯くん、今日宿直だったんだ……」

立ち上がり、体を捻るとパキパキといろんなところから音がした。

蛍石水族館では毎日、必ずひとりが宿直という形で夜間の水族館を見守っている。どうやら今日は、佐伯くんがその担当だったみたいだ。

「夜間の見回りでここ来たら、芽衣さん寝てるんだもん。びっくりしましたよ」

「あはは、ごめん」

だけど宿直が佐伯くんでよかったかもしれない。まだそこまで仲良くない人が相手だったら、恥ずかしすぎる。

佐伯くんは大水槽内のポンプを指差し「異常なし」と言うと、わたしの隣に腰を下ろした。わたしも最後に大きな伸びをして、もう一度座り直す。

静かだった。ミスターも眠っているのかもしれない。とは言っても、人間のように完全にリラックスして睡眠をとっているわけではない。魚たちは泳ぎ続けながら、脳だけ休ませるようにして眠るのだ。ミスターは水槽の上の方で、いつも以上にゆったりと水の流れに身を委ねている。他の生き物たちも、静かに朝がやってくるのを待っているみたい。

「美晴ちゃん、言ってましたよ。芽衣さんが話を聞いてくれて嬉しかったって」

唐突に美晴ちゃんの名前を口にした佐伯くんに、わたしは顔を向ける。

「俺、大学時代のこと思い出しました。芽衣さんっていつも、誰かの話を聞いて励ましてくれてたなあって」

「やだ、身の程知らずだった昔の話だよ」

「だけど俺も、芽衣さんに何度も救われましたよ」

佐伯くんはどこまでも真剣で、わたしは小さく息をつく。

無理やり想いを押し込めて鍵をかけていた心の箱が、ゆっくりと開いていく音がする。

本当の自分を見せるならば今だ、と思った。いや、本当はきっとずっと、誰かに知ってほしかった。誰にも言えなかった本音を、聞いてほしかったんだ。

「わたし、就職活動に失敗したでしょ」

佐伯くんならば、聞いてくれると思った。洗いざらい話すのならば、彼がいいと思った。佐伯くんはやはり、黙ったまま頷いてくれる。

「あのとき、頭の中が真っ白になっちゃったんだよね」

幼い頃からイルカトレーナーを目指してきて、そのために進路も選び、他のものは切り捨ててきた。

だけど現実は、わたしが思う以上に残酷だった。

「とにかくどこか、どこでもいいから就職しなきゃって必死で」

不動産会社に内定をもらえた時は、心底ほっとした。だけど入社してからも、わたしはイルカトレーナーになるという夢を忘れられずにいた。そのせいもあったんだろう。

自分の居場所はここじゃないと毎日のように思ってしまう一方で、仕事に慣れなきゃと焦って、大学の頃に学んでいたときのようには、知識が全く入ってこない。同時期に入社したみんなはやる気に溢れていて、その中で頑張れない自分は劣等生に思えた。

「毎日毎日、会社に行くのが苦しくてたまらなかった……」

今日、美晴ちゃんの話を聞いていて、わたしはその時のことを思い出していた。状況や環境は違えども、美晴ちゃんの感じている焦りや不安は、あの頃のわたしが抱いていたものに近いんじゃないだろうかと。

「芽衣さんは、俺に会いたくなかったんじゃないですか？」

想像もしていなかった質問が佐伯くんから飛んできて、わたしは一瞬言葉を失った。

「蛍石水族館に就職して、そこのイルカトレーナーが後輩である俺で。本当は芽衣さんに嫌な思いをさせてるんじゃないかって、ずっと思ってたんです」

そう言ってから、眉を下げて寂しそうに笑う。

どうして考えなかったんだろう。佐伯くんだって、きっとやりづらかったはずだ。イルカトレーナーになると、夢に猛進していた先輩が、夢が叶わぬ状態で目の前に現れた。同じ夢を叶えている、自分の前に。

それなのに、佐伯くんは根っからの明るい人だから、そんなこと考えもしないだろうなんて思い込んでいた。

「ごめん……、ずっと気を遣わせちゃってたよね……」

わたしが目を伏せると、佐伯くんは「いや！」と声を上げる。

「俺は、嬉しかったんですよ。芽衣さんと蛍石水族館で再会出来て、本当に嬉しかったんです。だからこそ、俺ばっか喜んで、芽衣さんに嫌な思いをさせてたら申し訳ないなって」

白状するように首を竦める佐伯くん。その様子は、やっぱりどこか憎めない。

「本当は、佐伯くんと話すのはちょっとやだなって思ったこともあったよ」

今話さなければ、きっと二度と言う機会はないような気がした。佐伯くんは「やっぱり」と分かりやすくしょんぼりとする。

「だって、かっこ悪いし恥ずかしかった。学生の頃は先輩ヅラして、散々イルカトレーナーになるためには、とか言ってたのに。実際には就活にも失敗して、入社した企業でもうまくいかなくて、イルカトレーナーになれるわけでもないのに水族館に再就職して。悪あがきしている姿を見られるのが恥ずかしかった」

こうして言葉にして初めて、自分の本音が見えた気がした。わたしは、佐伯くんが苦手だったわけじゃない。彼と自分を勝手に比べて、情けない自分を直視するのが辛かったんだ。

「そんなこと、気にしなくていいのに」

彼にしては強めに言葉が出る。それは、人のいないこのエリアに響いて散っていく。

「芽衣さんは、芽衣さんじゃないですか。イルカトレーナー目指していても、そうじゃなくても、悪あがきしてても。俺にとっては、特別でずっと会いたかった芽衣さんなんだから……」

そこまで言ったところで、佐伯くんの顔が一気に赤くなっていく。多分それは、わたしの顔が真っ赤だったからだろう。

だって、そんなこと言われるなんて思ってもいなかった。

「あ、えっとです、ね！　ハハッ、あ、俺イルカプールの様子も見てこないといけないんだった、ハハッ、えと、ああ！　芽衣さんあとで宿直室使ってくださいね、この時間に帰るんじゃ危ないんで。そ、それじゃまたあとで……」

手足の動きがギクシャクとロボットみたいになった佐伯くんに、わたしは「う、うん」と頷き返すことしかできない。

彼は「ジャ」とカタコトみたいな言葉を後に、廊下の向こうへと消えていった。

「び、びっくりした……」

熱くなった頬を両手で冷やしていると、大きな影がゆらりとわたしを覆った。顔を上げるといつの間にか、ミスターが興味津々といった様子でわたしを見ている。

「ひゃ！」

見られていたことに驚くと、ミスターも「ヒャ！」と一瞬後ろの方に泳いでいく。それから再びこちらに戻ってくると、「ほほ、とても良い雰囲気でしたのでつい」なんて嬉しそうに言った。

まさか、見られていたとは思わなかった。だけどミスターが聞こえるのは、わたしの声だけ。つまり、佐伯くんのあの言葉を聞かれていたわけじゃないはずだ。

わたしはこほんと咳払いをすると、話題を変える。

「……ミ、ミスターってば。起こしてくれてもよかったのに」

「いやはや、とても気持ちよさそうに眠っておられたので。それに美晴さんのお話も途中でしたから」

そうだった。ばつが悪くなって肩を竦める。眠ってしまう前、ミスターとどうしたら美晴ちゃんの気持ちを軽くしてあげることが出来るかを相談していたのだ。ああでもない、こうでもないと悩んでいるうちに、睡魔に襲われてしまったんだっけ。

一度、佐伯くんのことは置いておいて。

まずは、美晴ちゃんのことが第一だ。

「美晴ちゃん、ミスターが見ているときはどんな様子？」

見かければ声をかけるし、お昼だって一緒に食べたし、悩みだって打ち明けてくれた。だけど、わたしが仕事でばたばたとしている間の彼女の様子は分からない。

「そうですねえ。ぼーっと水槽を見られてて、まあ、なんというかですね。暇そうですね」

オブラートに包むかのように見せかけて、何にも包まない物言いに、ちょっと笑ってしまう。

「そうかぁ、暇そうなのかぁ」

「最初の頃は、クラゲ水槽を眺めて心を癒されている様子でした。だけど最近は、もう少し余力が出てきたのかもしれません。何やらうろうろされて、お嬢さんが作った掲示物をひとつずつ読んだりしていますよ」

大の水族館好きならば、朝から晩まで毎日いても飽きないかもしれないけれど、一般的な感覚では二、三日も通えば、手持ち無沙汰になってしまうと思う。それでも美晴ちゃんは毎日小林さんと一緒に来ているのだから、家にいるよりはいいのかもしれない。

「何か、手伝ってもらったりしてもいいのかなぁ」

わたしがぽつりと呟くと、ミスターが目をぱぁっと丸く開く。

「それ、名案ではないですか！」

「でも、美晴ちゃんはやりたいかな。働いてもらうとなるとバイトみたいな感じにしないと失礼だし、でも学校や小林さんが大丈夫か分からないし」

ただの思いつきだったから、ミスターに賛成されてあたふたしてしまう。ミスターは考えをまとめる時間を作るように、すいーっと大きく水槽を周遊する。そうして戻ってくると、わたしの前で停止した。

「そのあたりのことは、同僚のみなさんに相談してみたらいいと思いますよ」

「でも……」

「水槽の中から見ていると、みなさんが美晴さんを気にかけてらっしゃるのがよく分かります。それに、お嬢さんにとっては仲間ではないですか。もっと頼ってみてもいいと思いますよ」

「仲間……」

これまで一緒に働く同僚たちをそういう想いで見るだけの余裕はなかった。なんとなくいつまでも馴染めなくて、自分の居場所はここにあるのかなという不安があって、仲間だなんて呼ぶのもおこがましいと思ってきたから。

だけど、ミスターから発されたその言葉はすとんと胸の奥へ落ちていく。

佐伯くんや小林さんだけじゃない。ここで働く人たちは、みんな〝仲間〟に違いないんだ。

わたしがゆっくりと頷くと、ミスターがこちらの方へと顔を寄せた。

「ところで、イルカトレーナーの青年は、お嬢さんになんとおっしゃったんですか？」

「なっ……!?」

なんで急にその話!?　というか、その話題はもう終わったはず！

「べ、別に大した話はしてないよ」

「いやはや、そのようには見えませんでしたが」

「もう、とにかくいいから！　なんでもないってば」

逃げるように左へ向かうと、ミスターもこっちに来て。

今度は右へ顔を背けながら逃げると、ミスターもまたこっちに来て。

真夜中の大水槽前。

人間とジンベエザメが、アクリル板を挟んで右へ左へと追いかけっこをしていたなんて。

きっと誰も信じてくれはしないだろう。

ドキドキと、心臓が大きく騒ぐ。こんな風になるのは、いつ以来だったかな。もしかしたら、ここに来た初日の挨拶のときよりも緊張しているかもしれない。

「それじゃ、何か報告のある人いますか？」

朝礼で一通りの通達が終わり、上司がぐるりとわたしたちを見回す。

わたしは深呼吸を挟むと、覚悟を決めてまっすぐに手を挙げた。

「はい」

周りの視線が一気にこちらに集中する。ああ、こういう時って本当に心臓が口から飛び出しそうになる。一度だけ目をつむって、それからしっかりと顔を上げる。

「あの、美晴ちゃんのことなんですが」

そう言いながらちらりと小林さんに目をやる。どこか緊張した面持ちで、小林さんは背筋を伸ばしている。その横で美晴ちゃんは、唇をきゅっと結んだ。

今回のことは、朝礼前に美晴ちゃんと小林さんには話をしていた。美晴ちゃんは「芽衣さんの仕事を手伝いたい」と言ってくれて、小林さんは「でも、迷惑になるんじゃ

「……」と心配そうにしていた。

「水族館の仕事を体験してもらいたいと思っているんですが、どうでしょうか。飼育に関わる専門的な部分は難しいかもしれないですが、一緒に館内の清掃をしてもらったり、掲示物を作ったり、お客さまの整列のご案内をしたりと、そういった業務をしてもらいたいなと」

ここまで一息に話すと、佐伯くんが「それ、いいと思います！」と誰よりも先に声を上げてくれる。すると、他のスタッフたちも「確かに」「僕らにとってもいい刺激になるし」と頷き合いながら口にする。

バクバクと大暴れする心臓が、その様子で少しだけ落ち着く。よかった、みんな好意的に捉えてくれているみたいだ。

「ただ美晴ちゃんは高校生で、学校はアルバイト禁止のようで……」

わたしが言葉の先を探していると、上司が「それじゃあ」と落ち着きのある低い声で言う。

「ボランティアという形ならどうだろう？」

蛍石水族館では、夏休みなどに期間限定でボランティアを募集することがある。今はその時期ではないけれど、例外的にということだった。

「お給料は出ないけど、それでもよかったら」

上司はそのまま、美晴ちゃんへと顔を向ける。彼女は目を輝かせながら「はい！」と控えめながら、だけど力強く頷く。

「よろしくお願いします、でしょ！　みなさん、ありがとうございます……！」

美晴ちゃんの背中をばしぃっと叩いた小林さんは、うっすらと涙ぐみながら頭を下げた。

その日から、美晴ちゃんの水族館職業体験が始まった。基本的に、行動はわたしと一緒に。たまに小林さんや他のスタッフも加わりながら、幅広い仕事を体験してもらっている。

「ジンベエおはよ！」

「カメじい、今日も元気そうだね」

「イワシたち、一匹も欠けてない？」

日を追うごとに、美晴ちゃんの表情は明るくなっている。今ではこうして、生き物たちに声をかけるくらいになった。

職業体験という名ではあるものの、やってもらっているのは実際のわたしの仕事と変わりない。慣れないながらも一生懸命取り組む美晴ちゃんの姿は、わたしはもちろん、他のスタッフたちにも刺激を与えてくれている。

「水族館ってお客さんとして来るには楽しくて癒されるところだけど、働くのは大変だね」

クラゲ水槽の表面を拭きながら、美晴ちゃんがそう言う。

水槽の中は毎日、飼育スタッフが清掃をしている。それでも水槽の表面はお客さんたちが直接手で触れることも多く、わたしたちがこまめに拭くようにしていた。

クラゲ水槽を拭くのは、朝から数えてすでに三回目だ。

「そうだね。お客さんから見えないところでも、たくさんの人たちがいろんな仕事をしてる。どれかひとつでも欠けたら、今の蛍石水族館じゃなくなっちゃうんだと思う」

「縁の下の力持ち、みたいな？」

「うん。表に出ているスタッフも、裏で働いているスタッフも、みーんなで一緒にこの空間を作ってる」

パフォーマンスショーに出るトレーナーも、表には出ない獣医師も、サンゴを磨く飼育スタッフも、グッズを販売するショップスタッフも、経営に携わるスタッフも、わたしのように幅広い仕事をこなす運営スタッフも。

みんながみんな、蛍石水族館を作る大切なメンバーなんだ。

そんな当たり前のことに、今さらながら気付くなんて。

「働くって、すごいね。芽衣さんも佐伯さんも、それからお母さんも……」

そう言いながら「まあお母さんはクセが強すぎるけど」なんて付け加えるのは照れ隠しだろう。小林さんに聞かせてあげたいと思いつつも、いつか美晴ちゃんの口から直接伝えることがあるような気がした。

「こういうポスターとかクイズ、芽衣さんが始めたって聞いたけど」

美晴ちゃんが顔を向けたのは、クラゲ水槽の下の方に張られたクイズ。ここは静かな空間なので、落ち着いた配色の掲示物を目立ちすぎない場所に張ってある。

「そうなの。水族館は、ただいるだけでも楽しくて癒される場所だけど、もっと生き物たちのことも知ってもらいたいなと思って、やりたいですって手を挙げたんだ」

「大人になると、自分の意見も聞いてもらえるの？」

「時と場合によるかもしれないけど……」

「いいなあ。高校なんて、生徒の意見は全部却下って感じだよ。制服のスカートの丈とか、バッグを自由にしてほしいとか、バイトもオッケーにしてほしいとか」

不満そうな表情は、年相応の高校生といった感じだ。ここに来た頃には見られなかった顔を目にして、なんだかほっとしてしまう。

「今は美晴ちゃんも、蛍石水族館の一員だから。もっとこうした方がいいとか、お客さんに喜んでもらうには、とかアイデアがあったら教えてほしいな」

「わたしも言っていいの？」

「うん、実現出来るかはまた別の話だけど。お客さんや蛍石水族館のためにと思って考えてくれたものならば、みんなに相談してみることも出来るよ」

「芽衣さんはどうやったの？」

「プレゼンっていうんだけど。こういう理由で、こんなことをしてみたい。そうするとこんな風にお客さんが喜んでくれて、蛍石水族館にはこんないいことが起こると思いますっていうのをまとめるの」

「前に授業で、ちょっとやったことある。あれって、本当に大人になっても使うんだ」

ふふ、と笑ってしまう。高校生の頃、詩葉もよく授業内容について同じようなことを言っていたっけ。「こんなの大人になってから、絶対に使わないでしょー」って。それに対してわたしは「受験のためだよ！」と真顔で答えていた。懐かしい。

「プレゼンの資料、一緒に作ってみる？」

わたしが聞くと、美晴ちゃんは「いいの!?」と顔を輝かせる。それから目を細めながら、ふよふよと水に漂うクラゲたちを見上げた。

「ここが素敵な場所だってこと、もっとたくさんの人に知ってもらいたい」

こうしてわたしたちは、一緒にプレゼン用の資料を作り始めた。

題して『クラゲエリアをヒーリングスポットに』。

クラゲエリアには、三つの水槽がある。しかし暗くてシンプルな作りのため、お客さんは流れるように通り過ぎてしまっているのが現状だ。

「わたし、ここに来たとき本当に気持ちが沈んでてて。でもクラゲを見てたら、頭の中がからっぽになって、救われた感じがしたの」

クラゲを眺めると癒される、というのはよく聞く話だ。実際わたしも、クラゲが不規則にゆらゆらと水の流れに揺られているのを見ると、心が落ち着く。

「みんな、綺麗だねとかは言ってるけど、ゆっくり見るような感じじゃなくって。だけど、疲れてたり癒しを求めてたりするお客さんたちもいると思うんだ」

そう語る美晴ちゃんの瞳は真剣で、本気で変えたいと思っているのが伝わってくる。

最初のうちは「トンネルみたいな水槽にしたい」などと言っていたけれど、現実的に考えてそれは難しいと説明すると納得し、それじゃあ何が出来るかと、ふたりで相談してきた。

「ちょっとずつ、現実味が出てきた気がする」

ノートパソコンを操作しながら美晴ちゃんが言い、わたしも頷く。

お昼時の事務所は、ほとんど誰もいない。このところわたしたちは、お弁当を食べてからここで資料を作っている。

美晴ちゃんのアイデアは、実にバラエティに富んでいた。

クラゲエリアに、もっと座り心地のいいチェアを置く。

天井や壁に水の波紋が広がるような柄が映り込む、間接照明を設置する。

水槽を照らす照明を、ブルーがかったものに換える。

全国の水族館に目をやると、リニューアルしてクラゲ水槽を大きな見どころにしているところも多い。しかし、蛍石水族館は現状、クラゲ水槽にそこまで予算を使えるような状況ではない。

そんな中で、美晴ちゃんはいろいろと試行錯誤をしてこの案を出したのだ。

カタカタとスピーディにキーボードを打つ美晴ちゃん。

「すごいね、高校生でこんなにパソコン使いこなしてるなんて」

「小学校のときから授業で使ってきたから。このくらいみんなできるよ」

「時代の変化……」

「芽衣さん、急におばさんっぽいこと言わないでよ」

カラカラと笑う美晴ちゃん。こんな風に冗談を言ってくれるようになるなんて、最初は想像も出来なかった。

　事務所に入ってきた小林さんは、わたしと目を合わせると「ありがと」と口の動きだけで伝え、給湯室へと入っていった。


「岩井さん、新しくなったクラゲコーナーどうですか？」

「フン」

「椅子も座り心地がよくなったでしょ」

「まああだな」

「床や壁に波紋が広がって、海の中にいるみたいじゃないですか？」

「海の中なんてのは、こんな穏やかでいいもんじゃないぞ」

美晴ちゃんの必死のプレゼンの末、クラゲコーナーがプチリニューアルされてから数日が経った。

　以前は固くて小さなスツールだったのを、ふわっとした座り心地の良いチェアに変更。

ガラスに波紋のような模様が入った間接照明は、佐伯くんがインターネットで見つけてくれて、水槽を照らす照明はクラゲ担当の飼育スタッフが張り切って設置した。

大きな予算をかけた、大規模なリニューアルではない。それでも、クラゲエリアはゆったりと大きな癒しを作り出す空間に生まれ変わった。実際に、週末である昨日、おとといも、多くのお客さんがこのエリアで足を止め、ゆっくりと時間を過ごしてくれていたのだ。

「水原さんのアイデアか？」

「いえ、こちらにいるボランティアの小林美晴さんのアイデアなんです」

わたしが隣にいる美晴ちゃんの背中を押すと、岩井さんはチェアに座ったままじっと彼女を見上げた。

「高校生か？」

「……はい」

ぴりりと、美晴ちゃんの表情に緊張が走る。美晴ちゃんはこれまでも、岩井さんと数度顔を合わせている。それでもこうして改めて紹介をしたのは、今日が初めてだ。

「学校は……、少し休んでいて……」

咎められると思ったのか、自ら吐露するように言った美晴ちゃん。岩井さんは「そうか」とだけ言うと、再びクラゲ水槽の方に視線を戻した。

「学校では学べないことも、世の中にはたくさんある」

静かな岩井さんの言葉は、光の波紋と共に揺れる。美晴ちゃんは驚いたように、顔を上げる。

「幸運だったと思うといい。ここで、水原さんたちと出会えたことを」

「……はい！」

力強く答えた美晴ちゃんの横顔は、きらきらと輝いているように見えた。

岩井さんに挨拶をして、クラゲエリアを後にする。このあとは、ショーのアナウンスの仕事がある。美晴ちゃんにはお客さんの誘導をお願いしている。

「岩井さん、新しいクラゲ水槽気に入ってくれてたみたいだね」

「……うん。なんか、泣きそうになっちゃった」

ふたりで、水族館の中を歩いていく。

照れくさそうに鼻先をこする美晴ちゃんの気持ちが、伝染するようにわたしの胸にも広がっていく。

「クラゲたちも、すごく喜んでるよ」

「そうかなぁ」

「うん。みんなに見てもらえて嬉しいというよりは、幻想的な光の中で漂っているのが心地よいというか、自分たちは神様だったんだ、と思っているみたいよ」

「え？」

わたしがくすくすと笑うと、不思議そうに首を傾げた美晴ちゃん。わたしは慌てて「そんな風に見えるなぁって」と笑顔で取り繕う。

危なかった。昨夜、ミスターが教えてくれたことをそのまま話してしまった。

ミスター曰く、よーく耳を澄ませると、水槽内の配管を通して別の水槽にいる生き物たちの会話が聞こえてくることがあるらしい。

大水槽とクラゲ水槽は目でも確認出来る距離にあるから、聞こえやすいみたいだ。

「クラゲって、感情とかあるの？」

「クラゲには脳がないから、感情もないとは言われているんだけどね。それでもなんとなく、心地いいなあとか、特別な感じがするとか、そういうのはあってもおかしくはないんじゃないかな。お腹がすいたら食べる、とかと同じようなもので」

わたしたちが知っていることなんて、生き物たちのほんの一面でしかない。未だ解明されていないことが、世の中にはたくさんある。

そのことは、ミスターと話すようになってから実感していた。

「ねえ、芽衣さん」

「うん？」

「わたし、誰かがほっと出来たり、癒されたりする空間を作れる人になりたいな……」

それは、美晴ちゃんが自分で見つけた、未来への種のようなもの。

「美晴ちゃん……」

わたしたちと、すれ違っていくお客さんたち。

その様子は、実に様々だ。楽しそうな人もいれば、ほっとしたような様子の人もいるし、どこか救いを求めているように見える人もいる。

みんながみんな、それぞれの気持ちをもって、蛍石水族館へやって来ている。

「どういう仕事に就けば、それが出来るかわからないけど……」

ちょっと恥ずかしそうに言った美晴ちゃんに、わたしは微笑んで言う。

「それを知るために、大学に行ってもいいんじゃないかな」

世の中には、数え切れないほどの仕事がある。わたしが知らない職業だって、世の中には溢れている。

それを〝知る〟ということだって、立派な大学進学の理由になるはずだ。

美晴ちゃんは大きく一歩を踏み出すと、立ち止まってくるりとこちらに体を向ける。

「わたし、明日から学校に行ってみる」

に、と白い歯を見せる。

「それでもたまに、ここに来てもいい？」と美晴ちゃんは冗談交じりに言って首を竦める。

芽衣さんたちが恋しくなりそう、愛おしくて。

その姿が眩しくて、

——ああ。まっすぐだ。

きっと、十代だったわたしも、こんな目をしていたんだろう。

未来に光を感じて、そこに向かってまっすぐに顔を上げて。

——わたしは、愚直なんかじゃなかった。素直でまっすぐで、決して愚かなんかじゃなかったんだ。

「もちろんだよ。わたしも、これからも美晴ちゃんに会いたい！」

そう言ったわたしに美晴ちゃんが見せたのは、今までで一番の笑顔だった。

（第五章）　イルカジャンプの向こう側

軽やかにイルカがジャンプして、バシャンと派手に着水すると、前方から「きゃあっ！」という楽しそうな悲鳴が上がる。

リズミカルな音楽に、イルカたちのキュウキュウという超音波。ピッと短くホイッスルを吹き、颯爽とサインを出すトレーナーたち。

やっぱり水族館のメインとなる見所のひとつは、このパフォーマンスショーだ。


「あれ、芽衣さん！　それに美晴ちゃんも！」


休日の今日は、美晴ちゃんがボランティアとして手伝いに来てくれている。しばらく学校を休んでいたけれど、最近ではまた、楽しそうに通えているみたいだ。それでもあの日の言葉通り、今でもちょこちょこ顔を出しては、色々と手伝ってくれている。

そんな美晴ちゃんのリクエストで、わたしたちはショーのあとにイルカプールを訪れたのだ。佐伯くんはこちらに気付くと、嬉しそうに手を上げた。わたしも小さく手を上げて、ふたりでそっとプールサイドに近付いて行く。イルカたちを驚かせてしまわぬように。

「どうしたんですか？」

「ちょっと時間が空いたから。美晴ちゃんもイルカたちの様子を見たい、って」

おじゃまします、と頭を下げる美晴ちゃん。他のトレーナーにトレーニングの様子を見せてあげると言われ、奥へと向かっていった。

「こっちまで来るの、珍しいですね」

「そうだね、久しぶりに来たよ」

佐伯くんの言う通り、わたしは出来るだけ、この場所に近寄らないようにしていた。だけど今日は、美晴ちゃんのリクエストがなくてもここに来るつもりだった。

イルカたちは思い思いに泳ぎ、ときには小さくジャンプしたり、ゆったり浮いてみたりと、自由に過ごしている。と、ポーンと足元にバスケットボールが飛んできた。

「芽衣さんに投げてほしい、って」

ボールを拾うと、バンドウイルカのクウが水面から顔を出して口を開けている。遊びたい、というのが伝わってくる。好奇心旺盛な瞳がかわいらしいクウに向かって、ポーンとボールを返してやる。クウは器用に、それをキャッチしてまたわたしの手元にポンと投げてくる。もう一度それを返すと、今度はボールをくわえたまま泳ぎ始めた。

なった。

「ボール遊び、上手になったね」

蛍石水族館に来たばかりの頃、一度だけクウとボール遊びをしたことがあった。そのときは、クウの力が強くてボールは勢いよくわたしの後方に飛んでいってしまったのだ。それが今では、キャッチしやすい高さに、ちょうどいい強さで返してくれるようになった。

「力加減を覚えるトレーニング、ずっと続けてたんですよ。お客さんとキャッチボールする機会もあるし。上手くなったでしょ？」

「うん、すごい」

蛍石水族館では夏休みに、イルカと触れ合えるイベントを行っている。普段は入ることの出来ないイルカプールで、イルカとタッチしたり、ボール遊びが出来る大人気のプログラムだ。

すい〜っと寄ってきたクウは、佐伯くんに向かってお腹を向ける。撫でてほしいのだろう。彼は目を細めると、真っ白なクウのお腹に優しく手を添えた。その様子だけでも、クウが佐伯くんを信頼していることが分かる。

「やっぱり、かわいいね」

自然と口から出た言葉。一瞬佐伯くんがハッとしたようにこちらを見たけれど、すぐに安心したようにクウに視線を戻すのが目の端に映った。

わたしの言葉が、心から出たものだと分かったんだろう。それが表情にも表れていたんだと思う。

鏡を見たわけじゃないけれど、そのくらいは自分でも分かる。クウたちはかわいくて愛おしい。以前のように、黒い気持ちが渦巻くこともない。それが良いことなのか、悪いことなのかは分からない。

それでも、自分自身がとても楽に感じていることは事実だ。こうして、純粋な気持ちでイルカたちと接することも出来る。

「そうだ、最近練習してるスピンジャンプも見ていってくださいよ。芽衣さんがいれば、クウも張り切ってやるだろうし」

クウを再び足元に呼び寄せ、サインを出す。クウは水中深くに潜り、すごい勢いで泳いでいく。ジャンプするための助走だ。そうしてパシャンっと飛び上がると、くるくるっとその場でスピンをして着水した。

「クウ、すごいすごい！」

わたしが拍手をすると、佐伯くんからエサをもらったクウは嬉しそうにすごい勢いで再び泳いでいき、もう一度ジャンプをした。

イルカにとってジャンプは自然界でも行うことで、トレーナーのサインがなくても遊び感覚で跳ねたりもする。

「芽衣さんが褒めてくれて、嬉しいんだろうね」

現金なやつ、と笑う佐伯くん。その瞳には優しさが溢れている。

「佐伯くんも、すごいよ」

「え？」

「生き物たちって正直だから。クウが佐伯くんのことが大好きなのが見てて分かる。きっとそれは、佐伯くんがこれまで築いてきたものがあるからなんだと思うよ」

ミスターとわたしのように、佐伯くんとクウは言葉によるコミュニケーションをとっているわけじゃない。そんな彼らにとって、お客さんの前で披露するパフォーマンスが出来るまでの信頼関係を築いていくのは大変なことだ。

「もちろんそれは、佐伯くんに限ったことではないけれど」という一言は、声にする前に呑み込んだ。だってあまりにも、佐伯くんが嬉しそうな顔をしているから。

「やばい、初めて芽衣さんに褒められた……」

「そんな大袈裟な」

「いや！　人生で初めてですから！　芽衣さんからそんなこと言ってもらったの！」

　佐伯くんはそう言うと、今度はデッキブラシで床を磨き始める。本人曰く「何かしたい！　っていう衝動が」とのこと。現金なのは誰だと笑ってしまう。

　イルカプールでは再び、クウがパシャンと跳ねていた。


「最近、よくイルカプールへ行かれているようですね」

　ある夜、ミスターが気遣うように切り出した。

　確かにあの日以来、わたしはよくイルカプールに足を運んでいる。ちょっとした空き時間やお昼時間、以前までは必要な時しか向かわなかったのに、最近は一日に一度以上はクウたちの様子を見に行っていた。

「ああ、うん……。初心を取り戻さないとと思って」

「初心ですか？」

「だってわたし、イルカトレーナーになりたいっていう夢があるはずなんだもん」

　小さい頃から、ずっと目指してきた職業。一度別の業界に就職して、改めて自分にとってイルカトレーナーという夢がどれだけ大切なものであるかを思い知った。だからこそ、その夢に少しでも近づけるようにと蛍石水族館へやって来たのだ。

それなのに最近のわたしは、その夢を忘れて日々に充実感を覚えてしまっている。ミスターと出会ったことで、たくさんの生き物や人たちとの関わりが生まれて。自分の仕事にもやりがいを感じ始めて。イルカトレーナーである佐伯くんに対しても、羨ましさや劣等感が薄れてしまっている。

毎日が穏やかで、楽しくて、仕事だってやりがいがあって。

「いいことなんだけどね……」

そう言うと、ミスターは変わらぬ表情でじっとこちらを見つめている。

「いいことなんだけど。ずっとイルカトレーナーになりたくて頑張ってきた自分を、蔑《ないがし》ろにしてるような気がしちゃって」

物心がついてから、ずっとイルカトレーナーを目指してきた。イルカトレーナーになりたいという想いが水原芽衣のアイデンティティで、それが全ての原動力だった。

まだまだ、夢を叶えてなんかいない。水族館で働くことは出来ているけれど、目標には届いていない。

そんな中、わたしは今の毎日に満足してしまっている。それがひどく、悪いことのように思える。

「いっそのこと、わたしがイルカだったらよかったのですが」

ミスターが、ポツリとそんなことを言う。

「そんなことないよ。ミスターはミスターのままが一番いい」

孤独を感じていたわたしの前に現れてくれた、不思議なジンベエザメ。水中を悠々と泳ぐその姿に、何度救われたか分からない。たくさんの人たちと仲良くなることが出来たのも、ミスターがいてくれたからだ。

「ミスターに救われてるのは、わたしだけじゃないんだから」

そうだ。詩葉のことも、岩井さんのことも、美晴ちゃんのことも。ミスターが、生き物たちの声を届けてくれたから解決した。ミスターがジンベエザメで、この大水槽にいてくれるからこそ、たくさんの生き物たちの声が集まるのだ。

「お嬢さんは、褒め上手ですね」

「そんなことないよ」

褒められたと嬉しそうにした佐伯くんの姿が浮かび、知らずに熱を帯びた頬を両手で冷やす。ミスターはそんなわたしに優しく微笑みかけると「大丈夫ですよ」と言葉を続けた。

「人生は繋がっています。過去のあなたが頑張ってきたことは、たとえ形を変えたとしても、絶対に無駄にはなりません。蔑ろになんか、していないんですから」

ショーというものに、ハプニングはつきものだ。生パフォーマンスで、相手は生き物たち。すべて人間の思い通りにいくとは限らない。それがまた、おもしろさのひとつでもある。

「さて、ここからはイルカたちに活躍してもらいましょう！」

会場内に音楽に合わせた手拍子が鳴り響く。三連休の中日である今日は、朝からお客さんが押し寄せている。そんな中で行われているのが、今日の最初の回となるパフォーマンスショーだ。今はちょうど、アシカからイルカへと出番がバトンタッチされたところだった。

期待が込められた拍手の中、佐伯くんを含む三人のトレーナーが颯爽と現れる。笑顔で手を振る三人の姿は、やっぱりとても眩しい。それでいて、なぜかわたしまで、誇らしく感じる。これがうちの水族館の、最高のステージですよって。

少し前までは、心を無にしてアナウンスだけに集中していたのに。

「まずは、女の子イルカのハナがみなさんのもとへご挨拶に行きます！」

わたしの声に、ひとりのトレーナーがサインを出す。小柄のハナが尾びれを大きく動かして、客席の方へ跳ねながら泳いでいく。半円形のプール内で、元気の良さをアピールするように。

「続いては、ハナちゃんのお父さんイルカ、ソウタです！」

イルカたちの中で一番大きな体を持つソウタは、ベテランイルカ。テールウォークという、尾びれだけで立ち泳ぎをするパフォーマンスを披露すると、拍手が沸いた。

「元気いっぱいなクウは、得意のジャンプを披露してくれます！」

佐伯くんが頷いて、クウにサインを出す。その様子は、直接の言葉でのやりとりがなくても、以心伝心といった様子だ。

そこでわたしは、マイクのスイッチをオフにした。ここからは音楽とパフォーマンスだけで十分だ。

クウは水中に入ると、勢いよく泳いでいく。いつものように、助走をつけて――。

「あれ……？」

右手を高く上げている佐伯くん。通常はその手の先で、クウが大きくジャンプをするはずだ。それなのに、クウはいつまでも水中から出てこない。

アナウンス室は会場全体が見渡せる上の方にある。普段は全体の雰囲気を把握しながらアナウンスをしていくけれど、今だけはプールの中を覗くように身を乗り出した。

くるくると、クウは高速でプールの底を泳いでいる。助走のための泳ぎをしたまま、水中に浮いてこない。

さすがの佐伯くんの表情にも、ぴりっと緊張感が走る。そこでわたしは、マイクのスイッチを入れた。

「クウ、今日は水底を全力で泳いでいるようです。イルカたちは遊ぶのが大好きなので、運動会の気分になっているのかもしれませんね」

イレギュラーなアナウンスに合わせて、音響担当のスタッフが運動会の定番曲である『天国と地獄』を流してくれる。すると客席から「かけっこがんばれー！」などという子供の声が響き、和やかな雰囲気になった。

クウのパフォーマンスは飛ばして、ハナとソウタが華麗なジャンプを披露し、ショーは無事に幕を閉じた。

佐伯くんは最後、深くお辞儀をしてからバックヤードへ帰っていった。

閉館時刻になるまで、佐伯くんの姿を見かけることはなかった。

いつもはイルカプールだけでなく、水族館のあちこちに顔を出している佐伯くん。だけど今日は、ショー以降その姿を一度も見ていない。

「ラグーンシアターの方で、ちょっとしたハプニングがあったそうですね」

館内にお客さんが残っていないか、閉館時刻後には必ず見回りをする。その流れで大水槽の前を通ると、ミスターが声をかけてきた。配管を通して、なんとなく事情は伝わってきたのだろう。

周りに誰もいないかを確認し、わたしは「うん……」と小さく頷く。

生き物たちがサイン通りの行動をしない。それは、そう珍しいことではない。だけど、少なくともわたしがここで働き始めてからは、クウと佐伯くんペアでこんなことが起こったのは初めてだった。

「水中ゾーンの水槽の前を何度も行き来してたようですよ」

「え、そうなの？」

「はい。他のイルカさん方がお話しされていたのが聞こえてきましたから」

蛍石水族館では、二箇所からイルカたちの様子を見ることが出来る。ひとつはショーが行われる客席から。そしてその水中の様子は、地下フロアからも見ることが出来るようになっているのだ。

ミスターによると、ショーの最中、クウはずっと地下フロアのアクリル板の周辺をすごいスピードで泳いでいたらしい。

「誰かいたんでしょうか」

「今日は混んでいたし、地下から見ていたお客さんもいたとは思うけど……」

だけどそんなのは、いつものことだ。地下エリアは人が溢れるようなことはないけれど、知る人ぞ知る人気スポットなのだから。

「わたし、ちょっとイルカプールに行ってくる。今夜はこっちに戻って来られないかもしれない」

佐伯くんのことが心配だった。いつも明るくて前向きな彼が、どうしているのかが気がかりだった。

「はい、そうしてください。他のイルカさんたちも、何やら落ち着かないようですので」

「ありがとう、ミスター。また明日ね」

「はい、また明日」

ミスターが教えてくれる、人間たちが知り得ない生き物たちの様子。生き物たちとわたしたちを繋いでくれるのは、いつだってミスターだ。

「本当に、ミスターは架け橋みたいだね」

照明を落とした大水槽を静かに振り向いて、そっとそう呟いた。


イルカプールに向かうと、「よし！　いいぞクウ、うまい！」という佐伯くんの声が響いていた。他のトレーナーたちは、もう退勤したみたいだ。

プールサイドに立ち、クウとキャッチボールをしている佐伯くん。トレーニングをしているというよりは、純粋に遊んでいるように見える。その姿はいつもの彼と変わりなくて、少しだけほっとする。

「佐伯くん」

後ろから声をかけると、彼は驚いたようにこちらを振り向く。それからわたしだと分かると、ふにゃりと表情を崩した。

「芽衣さんかぁ！　びっくりした」

そして彼は、クウにボールを投げ返した。ハナがそこに加わり、二頭は追いかけっこをするように泳ぎ始めた。

「今日はありがとうございました。芽衣さんのおかげで、どうにかショーを続行出来ました」

そう言って頭を下げる佐伯くん。彼はクウを見ると、「はは、ダメですね。こういうこともあるって分かってたはずなのに。いざ起こると、頭の中、真っ白になっちゃって」と無理矢理に笑う。

そういうこともあるよ、とか、次はきっと大丈夫だよ、とか。そんな言葉は軽々しく言えなかった。

たった一度の失敗だったかもしれない。それでもその一度は、クウと絶大な信頼関係を築いていたと自負する彼にとって、大きなショックを伴うものだと想像がついたから。

「クウの様子はどう？」

わたしがプールサイドへ寄っていくと、エサをもらえると思った二頭がこちらに寄ってくる。しかし何ももらえないと悟ると、あっという間にプールの奥へと戻っていってしまった。

「ショーの直後は少し興奮してましたけど、すぐに落ち着いていつも通り」

特に変わった様子は見られず、この場所での指示はいつも通りすんなりクウにも通じたとのこと。ショーでは出来なかったジャンプも、しっかりと決めて見せたそうだ。

「気まぐれですかね。とりあえず、明日からも頑張ります！　芽衣さん、心配してくれてありがとうございます」

ぺこっと頭を下げる佐伯くん。元気そうな姿に、わたしも笑顔を返す。だけど本当は気が付いていた。佐伯くんの表情に、どこか焦りのようなものが見え隠れしていたことに。

その後、クウはすっかり元通りになっていた。日々のイルカショーも順調にこなし、佐伯くんとの息もぴったり。あんなことなどなかったかのように、毎日は過ぎていった。それでもわたしは知っていた。佐伯くんが今まで以上に、クウとの時間を作っていることを。

お昼休みに、退勤後、はたまた始業前の早朝の時間。佐伯くんはイルカプールで、クウと一緒に過ごしている。トレーニングをしていることもあれば、ただただ眺めているだけのこともある。キャッチボールで遊んだり、一緒に泳いでいることもあるし、優しく撫でてやっていることもあった。休みの日には、イルカに関する書物を読み漁っていると他のトレーナーから聞いた。

そしてショーのたび、佐伯くんは緊張していた。きっと誰も気付いていなかったと思う。それくらい、彼はその緊張や焦りを周りに見せないようにしていた。そのことにどうして気付けたのかというと、それはもう、周りの誰よりもわたしが佐伯くんのことを見ていたからだ。

サインを出すまで気を張って、パフォーマンスが成功すると安堵のため息を小さく吐き出す。そんな佐伯くんを見ていると、勝手にこちらまで苦しくなってしまう。きっと彼自身それを打破したくて、クウとの信頼をさらに確実なものにしようと力を尽くしているんだと思う。

「誰よりも、努力してるんだよね……」

人気者だから。明るいから。そういう星のもとに生まれているから。だからイルカトレーナーになって、みんなからも信頼されてるんだと思っていたこともあった。だけど本当はそうじゃない。彼の信頼は、彼自信のたゆまぬ努力の上に成り立っている。

ただそれを、周りに見せたりしないだけなんだ。

早く、佐伯くんがまた心からショーを楽しむことが出来るようになりますように。

そうやって日々祈ることしか出来ない中、再び事件は起こった。


「お嬢さん！」

平日のお昼過ぎ。イルカショーが行われている真っ最中、大水槽エリアでお客様案内をしていたわたしのことをミスターが呼んだ。

お客さんがいるときに、ミスターがわたしに話しかけてくることはほとんどない。わたしが反応出来ないのを分かっているからだ。

だけど今日のミスターの声には、切迫感があった。

お客さんをクラゲ水槽まで案内したわたしは、慌てて大水槽へと戻る。ミスターの他にもたくさんの魚たちが、わたしの方に集まってくる。

「どうしたの？」

お客さんたちは物珍しそうに、こちらを見ている。小さな男の子がわたしの横にやって来て「おさかな～！」と指をさしている。

「どうもまた、ラグーンシアターで何かあったようです」

「ええっ！」

思わず大きな声が出てしまい、慌てて耳元に手をやって、無線に反応したふりをする。

今日のショーのアナウンスは、他のスタッフが担当している。イルカプールはここどは別の棟にあるため、向こうの様子は分からない。

「また、一頭のイルカさんが潜ったままのようです」

きっとクウだ。クウに違いない。

わたしの中の悪い予感が、びりびりと嫌な音を立てて確信へと変わっていく。

クウ、一体どうしちゃったの？

佐伯くんは、大丈夫なの——？

「お嬢さん、地下のエリアです」

今日もクウは、アクリルガラスの周辺を泳いでいるのだろうか。

「黒ずくめの人がいるようです。先日も、同じ人がそこにいたと。他のイルカさんたちが話しているのが聞こえます」

「先日って、クウがジャンプしなかった日ってこと？」

「はい」

ミスターが配管のそばに体を寄せて向こうの様子を窺っているのを見て、大きな不安が生まれる。その黒ずくめの人が、クウが普段と違う行動をすることと関係があるのかもしれない。

「行ってくる……！」

回れ右をして、急ぎ足で地下に向かう。ミスターの「お気をつけて！」という声が、ドクドクと波打つみぞおちに響いていた。

地下の水中エリアへ行くと、そこにはミスターの言っていた通り、ひとりの男性が立っていた。黒い帽子、黒いTシャツに黒いズボン。水槽から三メートルほど距離をとった場所で、じっと佇んでいる。

平日で空いているため、今ここにはその人しかいない。周りには他のスタッフの姿も見当たらなかった。

もし、もしも危ない人だったら——。

それでも、守らなきゃ。クウを、水族館を、佐伯くんを——。

「あの……」

意を決し、声をかける。その瞬間、すごい勢いでクウがこちらに向かって泳いでくるのが見えた。アクリル板に衝突する直前、器用に体の向きを変え、奥の方へと泳いでいく。飼育スタッフではないわたしが見ても、クウの様子が普段と違うのは一目瞭然だった。

「……あの、すみません！」

深呼吸を挟んでからもう一度声をかける。震えてしまいそうになったのを、ぎゅっと拳を握って耐える。

男性は、ゆっくりとこちらを振り返る。それから帽子のつばをぐっと下げると、何も言わずわたしの横を通り過ぎて行こうとした。

「ま、待ってください！」

反射的に呼び止めている自分がいた。本当は怖くてどうしようもなかったのに。

「クウ……、イルカに何かしましたか⁉」

足を止めた男性の肩がぴくりと揺れる。

たまにあるのだ。生き物の気を引きたくて、水槽越しに自分のおもちゃやカラフルなものを過度に動かして見せたりするお客さんがいることが。その結果、生き物が激しく興奮し、体調に影響が出てしまう。蛍石水族館でも以前そのようなことがあり、今はパンフレットに控えるようお願いの文章を載せている。

しかしそのまま、男性は無言で歩き出そうとする。わたしはタタタッと小走りをして、通せんぼするようにその人の正面に立った。

見知らぬ男の人相手に、こんなことをするのは初めて。緊張と恐怖で、足がガタガタ震えてしまう。それでも、このままこの人を帰すわけにはいかない。

「水原ちゃん、どうしたの⁉」

偶然通りかかった小林さんが、切迫した状況に慌ててこちらに駆けてくる。ほっとした気持ちと、油断しちゃいけないと自らを律する中、「この人が――」と説明をしようとした瞬間。

「……もしかして、清水《しみず》くんじゃない？」

小林さんの言葉に、男性がゆっくりと帽子を取る。それから深々と、頭を下げた。

バックヤードの仮眠室で、わたしは「本当にすみません！」と何度も頭を下げていた。

ベッドの上で体を起こすのは、黒ずくめの男性改め清水さん。小林さんと共にバックヤードへ向かう途中、清水さんの体調が急に悪くなり、ここに運んできた。

「わたしが問い詰めるようなことをしたから……」

「いえ、気にしないでください。少し横になって、もう落ち着きましたから」

優しそうな瞳が印象的な小林さんは、穏やかにそう言ってくれる。

「不審者扱いされれば、めまいに襲われることもあるかもねえ」

小林さんがあっけらかんと言い放ち、わたしはさらに体を縮めた。あのときは衝動的に体が動いてしまったけれど、なんてことをしてしまったんだろう。

これが一般のお客さん相手だったら大問題になっていたはず。想像するだけでゾッとする。

「よくあるの？　今回みたいに、急に体調崩すこと」

小林さんが問いかけると、清水さんはそっと額に手をあてて「たまに。貧血のような症状なので、大したことはないんですが」と答えた。

そこにコンコン、と控えめなノックが響く。ドアを開けて入ってきたのは、ショーを終えた佐伯くんだ。先ほど小林さんが無線で連絡を入れていたから、確認してすぐに来たんだろう。

「イルカトレーナーの佐伯です。清水さん……、お名前はよく聞いていました」

名乗った佐伯くんは、そのまま頭を下げる。新入りのわたしが知らないだけで、清水さんは有名な人なのかもしれない。

「清水くんは、うちのイルカトレーナーだったのよ。佐伯くんが入ってくる何年か前に退職したのよね」

小林さんがわたしに説明してくれる。場の雰囲気から、もともとここで働いていた人かもしれないとは思っていたけれど、イルカトレーナーだったとは。

「イルカトレーナーだったなんて、言えません。クウだって、僕のことを心から憎いと思っているはずです」

ぎゅっと奥歯を噛みしめるようにした清水さんは、クウがショー中にもかかわらずサインを無視して高速で泳いだのは、自分に対する怒りを表していたのだと思うと話した。

「すみません、僕が来たりしたせいで……。ただ、クウがどうしているのか気になってしまって……」

深く頭を下げる清水さんに、佐伯くんが一歩足を踏み出す。

「顔を上げてください。パフォーマンスがうまくいかなかったのは、自分の実力不足です」

清水さんの肩に手を添え、頭を上げるように促す佐伯くん。彼だって複雑な思いを抱いているはずなのに、いつもの笑顔を崩さない。

なんとなく、トレーナー同士の話があるように感じ、わたしはそっと席を立つ。

「ちょっと飲み物を持ってきますね」と断り、仮眠室を後にした。

廊下を曲がったところにある、自動販売機。お茶でいいかな、と考えていると、コイン投入口にちゃりんちゃりんと、背後からお金が入れられた。

「かっこよかったわよ、水原ちゃん」

「小林さん……」

「たったひとりで相手の前に飛び出ていくのは、危ないし早まった感はあるけど。でも、ここを守るんだっていう強い意志を感じた。かっこよかった」

「でも、勘違いでしたし……。清水さんには申し訳ないことをしちゃいました」

落とした肩に、小林さんのあたたかい左手がぽんと載せられる。

「清水くんは、クウが生まれたときからずっと担当についてたのよ」

小林さんは、お茶のボタンを押しながら口を開いた。

クウは、蛍石水族館で生まれたバンドウイルカだ。当時、バンドウイルカの繁殖に成功したのは、この水族館では初めてのことだった。スタッフみんなで出産、そして子育てを見守っていたそうだ。

「中でも清水くんにとってクウは、すごく特別だったんだと思うよ。朝から晩まで、ずっとクウと一緒にいてさ。やっぱり生き物と人間にも、相性ってもんがあるじゃない？　あのふたりは、そういう部分でも息がぴったりだった」

蛍石水族館では、トレーナーが水中に入ってイルカと一緒に行うパフォーマンスがある。潜ったトレーナーの足の裏を、イルカが鼻先で押し上げて水上に出たり、イルカの背中に乗ってプールの中をぐるりと回ったり。イルカと息を合わせて泳ぐ姿は、たくさんの子供たちの憧れでもある。

「でもね、一緒にプールに入ってトレーニングしていたときに事故が起きたの」

「事故……」

「楽しくなりすぎちゃったんでしょうね。クウもまだ子供だったし、力加減が分からなかったんだと思う。水面に上がろうとする清水くんにじゃれついて、清水くんはそのまま溺れた」

イルカは、人間に対して友好的な生き物だ。優しい性格であると同時に、好奇心旺盛でいたずら好きな一面もある。

「本当は、その翌月にクウは清水くんと一緒にショーデビューするはずだったんだけどね。その前に、清水くんはここをやめちゃったってワケ」

「そんなことがあったんですね……」

「〝クウが怖い〟」

「え……？」

「清水くんが、ここをやめたいって館長に伝えたときに、理由を聞かれてさ。そのときに、そう答えたの」

清水さんにとってクウはパートナーだったはずで、クウにとってもそれは同じだったはずだ。誰よりも何よりも大事に思っていた存在を、怖いと思ってしまうこと。そんな相手に、怖いと思われてしまうこと。それがどれほど苦しくて切ないものか。想像するだけで、胸が締め付けられる。

「イルカを怖いと思ってしまう自分には、もうこの仕事は出来ないって。運営スタッフに回る提案もあったみたいだけど、本人もつらかったんじゃない？　だから正直、びっくりよ。清水くんがまたここに来てたってことに」

小林さんによると、清水さんはその後、アルバイト先を転々としながら生活をしているらしい。定職につかないのは、水族館に未練があるからじゃないかと考えてしまう。わたし自身が、ここで働くようになるまで、ずっと迷いがあったのと同じように。

「クウは、本当に怒ってるんでしょうか……？」

今日、水中でのクウを間近で見て、普段とはまったく違う様子に正直驚いた。あんなに興奮したように、泳ぎ回る姿は見たことがなかった。溢れ出る怒りを、泳ぎにぶつけているように見えなくもなかった。

「さあねえ……。生き物たちの言葉が、わたしたちにも分かればいいんだけど」

小林さんのため息は、天井付近でくるくる回る換気扇に吸い込まれていった。


「ミスター！　お願い！　どうにかクウと話をしてもらえないかな？」

その日の閉館後。わたしは大水槽の前で両手を合わせていた。

一通りの事情は、ミスターにはすでに話した。清水さんは「もうここには来ません。

ご迷惑おかけしてすみませんでした」と頭を下げて帰ったけれど、本当にそれでいいとわたしには思えなかった。

「クウが本当に怒っているのか、気持ちを聞きたいの」

残念ながらわたしには、クウの言葉を聞き取ることが出来ない。わたしが会話出来る生き物は、ミスターだけ。ミスターならば、他の魚や生き物たちともコミュニケーションが取れる。

「そうしてさしあげたいのは山々なんですが……。イルカプールとは距離が離れすぎているんですよ」

ミスターが言うには、配管からはあくまでも声や音が漏れ聞こえてくる程度。そこを利用して、例えば電話のようにやりとりすることは難しいらしい。

「そっか……」

無理なものは無理なのだから、別の方法を考えるしかない。クウの本当の気持ちを、知るにはどうしたらいいんだろう。冷静に考えて、クウがどんな様子なのか、どんな気持ちでいるのかを一番知っているのは、今クウを担当している佐伯くんだ。しかし、今回のことに関しては、彼自身もどうしたらいいのか戸惑っている様子だった。

「直接、クウさんと清水さんを対面させるというのはどうでしょうか？　その様子を佐伯さんたちが見れば、少なくともクウさんが怒っているのかどうかは分かるのでは」

「佐伯くんもそう言ったんだけど、清水さんが無理って」

「合わせる顔がない、とかでしょうか」

「それもひとつ。あとは、イルカに恐怖心を抱いてしまうんだって。発作を起こして迷惑をかけるかもしれないから、って」

清水さんは帰り際、少しだけ自身のことを話してくれた。

退職当時、『イルカが怖くなってしまった』とだけ説明していた清水さん。だけど、実際には怖いという思いだけではなかった。清水さんは事故を機に、パニック障害を起こすようになってしまっていたのだ。

水族館にいると、イルカプールにいなくともその存在を感じることがたくさんある。だからこそ、運営スタッフに異動するという提案も断ったらしい。

「それでも、最近では二度もいらしたんですよね。そのときは、発作は大丈夫だったのでしょうか」

「薬を飲んできたって言ってた。地下エリアでも、水槽からはずいぶん距離を取って眺めていたから、清水さんなりのボーダーラインがあるのかもしれないね」

清水さんが事故に遭ったのは、七年ほど前だという。通院もしていて、それなりの時間が経過したからこそ、クウの様子を見に行こうと思えたのかもしれない。そうだとしても、相当な覚悟が必要だったはずだ。危険を冒してまで蛍石水族館を訪れたのは、今でもクウへの想いが強く残っているからに違いない。

もしかするとそれは、後悔や罪悪感のようなものになってしまっているのかもしれないけれど。

「クウさんも、きっと寂しかったでしょうね。大好きな清水さんと突然会えなくなってしまったわけですから」

「うん、食欲がなくなったりしたみたい。小林さんが言ってた」

どんなに言葉で説明しても、清水さんが消えてしまった理由をクウは理解出来なかったはずだ。その寂しさを、クウはどうやって癒していったのだろう。

イルカは人間を癒してくれる動物だけど、イルカ自身が傷ついたときには誰がそれを癒すのか。当時のクウの気持ちを想像すると、切なさが込み上げる。

「わたしもお嬢さんがやめられたら、落ち込んでしまうかもしれません」

「わたしも、ミスターが他の水族館に行くことになったら寂しいよ」

ミスターとわたしは、クウと清水さんではない。それでも、自らに状況を重ねて気持ちを想像することは出来る。

「――やはり、クウさんは怒ってなんかいないのではないでしょうか」

すっ、とミスターが立ち上がるように縦になる。それから上まで泳ぎ、くるりと体を翻して戻ってくる。大きな影が、ゆらゆらと光を揺らす。

「それだけ大切な相手ならば、再会は嬉しいものではないでしょうか。もしもわたしとお嬢さんが離れてしまったとして、数年後に再び会えたとしたら、わたしはイルカさんも驚くような大ジャンプを披露してしまうかもしれません」

「ミスター……」

鼻の奥がつんと熱くなる。わたしも、ミスターと同じ意見だ。やっぱりクウは、清水さんのことを怒ってはいないと思う。だけどそれを証明するには、清水さんに分かってもらうには、ふたりが直接顔を合わせないと。

そこには、清水さんのパニック障害という大きな壁が立ちはだかる。

「清水さんは、本当にイルカが怖いんだと思いますか？」

ミスターの背後で、イワシたちがチラチラと光を反射させながら水槽を横切っていく。

「どういうこと？」

「最初に詩葉さんが、ここに来たときのことを覚えてますか？」

ミスターが蛍石水族館に来たばかりの頃のことだ。詩葉の話と今回の件がどう繋がるのか分からず、わたしはただ頷く。

「あのとき詩葉さんは、イワシさんたちを恐怖のまなざしで凝視していました。詩葉さんは、イワシさんたちのことが心から怖かったからです」

確かに詩葉が怖かったものは、水族館そのものではなく、イワシの大群だった。もし清水さんが本当にイルカに恐怖心を抱いているならば、いくら後ろ髪を引かれる思いがあったとしても、様子を見に行こうなんて思えないのではないだろうか。一度だけじゃなく、二度も。

「もしかして、他に理由があるのかな……」

わたしの呟きに、ミスターがゆっくりと頭を上下させる。

今日のことを思い返す。わたし自身、パニック障害という言葉は知っていたけれど、実際にはどういう症状が起こるのかまでは知識がない。ポケットからスマホを取り出し、検索欄に『パニック障害　症状』と打ち込む。するとそこには、『貧血によく似た症状が出ることもある』と書かれたページが現れた。

地下エリアにいたとき、清水さんは体調が悪そうには見えなかった。だけどバックヤードへ移動するために館内を歩いている最中に、急に足元をふらつかせたのだ。それにこうも言っていた。「貧血のような症状なので、大したことはない」って。

「あのとき、発作が出ていたってこと……？」

どのタイミングで出たんだろう。地下エリアからバックヤードに入るには、少しだけ館内を歩かなければならない。その道中、イルカを彷彿させるような展示やイルカグッズを取り扱うショップはない。

イルカの地下エリアから出て、アクアトンネルと呼ばれるアーチ形の水槽の中を抜けて――。

「清水さんがふらついたの、アクアトンネルの中だ……」

そうだ、左右、頭上とすべてが水槽になっているアクアトンネルは、まるで海の中にいるみたいだと人気のエリア。最近では若い女の子たちが、こぞってＳＮＳ用に写真を撮っている。

そこに足を踏み入れたとき、清水さんはぐらりと体を傾かせたのだ。

「事故というのは、水中で溺れてしまったということですよね」

「うん……」

「もしかしたら清水さんが恐怖を感じているのは――」

ミスターとわたしは目を合わせ、アクリル板越しに手とヒレを合わせる。

パチリと、未完成のパズルのピースがはまる音がした。

休みの日の午後。わたしは佐伯くんと共に、近くのホームセンターへ向かっていた。清水さんがそこでアルバイトをしていると、小林さんが教えてくれたからだ。一体どんな情報網を持っているのか、小林さんはいろんなことをよく知っている。

「佐伯くん、本当に大丈夫？　クウと清水さんを会わせること……」

清水さんは園芸の売場担当とのことで、その場所を目指す。歩きながら、気になっていたことを思い切って聞いてみる。

クウと清水さんの間にある誤解を解きたい。だけど、今のクウのパートナーは佐伯くんだ。清水さんと会うことで、クウが再び興奮する可能性だってある。他にも、複雑な思いがあるはずなのに、今回彼は、わたしの話に賛同してくれた。

「俺も、芽衣さんと同じ気持ちです。清水さんがどれだけ愛情をもってクウと接していたかは、よく聞いてきましたから」

「そっか……」

「まあ、俺のことなんかすっかり忘れて清水さんの指示しか聞かなくなったらどうしようとか、思ったりもしましたけど」

からりと笑う佐伯くん。だけどきっと、それは彼の本音だ。

ただでさえ、ショーの最中に二度もクウにサインをスルーされてしまっている。それが元パートナーの影響で、そんな人物が再びクウの前に現れるということは、決して穏やかな気持ちでいられるようなことではない。

「――大丈夫だよ」

わたしは前を向いたまま、もう一度「大丈夫」と繰り返す。

なんの根拠も確証もないし、クウの言葉が分かるわけでもない。

「クウと佐伯くんなら、絶対に大丈夫」

それでも、こうやって断言出来る。毎日毎日、佐伯くんがクウとどれだけ真剣に向き合って、どれほどの愛情を持って、信頼関係を築いてきたのか。彼らの歴史のほんの一ページを見ただけのわたしでも、その関係が簡単に揺らぐものではないと確信出来る。

清水さんとクウが、再び想いを通じ合わせたとしても。佐伯くんとクウの絆が、変わるわけじゃない。

「芽衣さんには、敵わないなぁ……」

ふっと、佐伯くんが笑う。それから、勢いよく上を向いた。泣いていたわけじゃない。

だけどもしかしたら、込み上げてくる何かがあったのかもしれない。

いつも明るくて前向きな佐伯くんは、誰にも見せない不安を抱えていたんだと思うから。

そんな風にやりとりをしながら歩いていると、いつの間にか園芸コーナーに到着していた。長いホースや大きなバケツ、プランターなどがずらりと並べられている。開け放たれたドアの向こうでは、色とりどりの植物の苗が西日を浴びながら、気持ちよさそうに風にそよいでいる。

そこに、清水さんの姿はあった。

「清水さん！」

わたしたちが声をかけると、清水さんは驚いたような表情を見せてからすぐにこちらに駆け寄ってきた。

「もしかして、クウに何かありましたか？　僕のせいで、何か……」

「違います、クウは元気です！」

慌てて否定すると、清水さんは我に返ったように一歩下がり、「すみません」と詫びる。謝ることなんて、ひとつもないのに。

何よりも先にクウのことが出てくる清水さん。今でもクウを、大切に思っていることが伝わってくる。

「あの、今日はどうされましたか？　というか、なぜここを……」

「小林さんが教えてくれたんです」

佐伯くんが答えると、清水さんは「ああ」と空を仰ぐ。それからひとつ深呼吸を挟むと、もう一度わたしたちに視線を戻した。

「清水さん、もう一度クウに会いに来てくれませんか？」

佐伯くんの単刀直入な申し入れ。予想もしていなかったのか、清水さんは表情を強張らせる。

「この間お話ししたように、僕にはそんな資格はないんです。また迷惑をおかけしてしまいますし、体調のこともありますし……」

ぎゅっと握る拳の中には、やるせなさも含まれているように見える。それは、夕日のオレンジ色のせいなのだろうか。

きっと、会いたいはずだ。だけど、会えないし、会ったらいけないと思っている。

「クウに、会いたいんじゃないですか？」

だからわたしは、質問を変えた。会いに来てほしいと、わたしたちは思っている。事情があることも分かってる。だけど今大切なのは、清水さんの本当の気持ちだ。

口元をきつく結んだ清水さんは、悔しそうに俯く。それからポツリと「会いたいに決まっています……」と本音をこぼした。

佐伯くんとわたしは視線を交わし、「それじゃあ！」と頷いて見せる。

「もし予定が空いていれば、仕事が終わったあとに一緒にクウのところに行きませんか？　清水さんの体に、無理のない範囲で」

わたしたちが、がんとして譲らないのを察したのだろう。清水さんはやっぱり少し考えるようにしてから、最終的には頷いてくれたのだった。


閉館間際の蛍石水族館。佐伯くんから、他のスタッフたちに事情は説明してあった。

仕事を終えた清水さんの服装は白いTシャツにジーンズで「そっちのが、黒ずくめよりずっと目立たないわよ」と小林さんにからかわれていた。

三人でゲートをくぐり、数人のスタッフたちが声をかけてくれたけれど、清水さんはガチガチに身体を強張らせている。

体調への不安と、クウとの対面への緊張だろう。

ここからイルカプールへ向かうには、前回清水さんが体調を崩したアクアトンネルを通るのが近道だ。しかしわたしはその数メートル手前で足を止めた。

「清水さん、このアクアトンネルをどう思いますか？」

「はい……？」

ゆっくりと顔を上げる清水さん。すると小さく、後ずさりをした。

――やっぱり。

わたしはくるりと体の向きを変えると「こっちから行きましょう」と大水槽エリアへと足を進めた。ミスターがこちらを見ているのが分かる。わたしは小さく頷いて、あえて遠回りするような形でずんずんと進んでいく。

戸惑う様子の清水さんを、佐伯くんが「どうぞ」と促してくれる。そうして、バックヤードに入り、イルカプールへと続くドアの前でわたしたちは立ち止まった。

ドキドキと、清水さんの心臓の音が聞こえてくるような錯覚に陥る。それくらい、清水さんの緊張は大きくて、空気を伝ってわたしの心臓も激しく揺らす。だけどそれを悟られぬよう、大きく息を吸い込んだ。

「清水さん。ここを離れてから、どこかで泳いだ記憶はありますか？」

わたしの質問に、清水さんの目は大きく開かれ、不安そうに揺れる。それから彼は、静かに「泳げなくなりました……」と答えた。ダイビングが趣味だったのに、それももうやっていないと。

ミスターと立てた、ひとつの仮定。それは、清水さんが怖いのは〝水の中〟という空間なのではないかということ。

「大きな入浴施設なども苦手になっていないですか？」

「確かに、今では自宅でも湯舟に浸からずシャワーで済ませています……」

今度は視線をさまよわせる清水さんに、核心に近付いている実感がわいてくる。

「清水さんは、イルカを――、クウを怖くなってしまったわけじゃないんだと思います」

「え……？」

「だからきっと、大丈夫です。心配しすぎず、会ってあげてください」

わたしの言葉を合図に、佐伯くんがゆっくりと鉄の扉を押し開ける。イルカプールの匂いが、ふわんと鼻いっぱいに広がる。

白い明かりの中、パシャンとイルカたちが跳ねる音が聞こえてくる。

そこからは、わたしの言葉や誘導は必要なかった。ごくりと、清水さんの喉が上下する音が響いた後、彼の足は開けられた扉に吸い込まれるように、一歩、また一歩と進んでいったから。

佐伯くんが水中で、リコールという道具をカチンカチンと数度鳴らす。この音は、イルカたちに出す「こっちに来て」という合図。すぐさまクウが、佐伯くんの目の前に姿を現す。

佐伯くんが手のひらを出すと、クウはそこにくちばしでタッチした。

「清水さん、どうぞ」

静かな佐伯くんの言葉に、半歩ずつプールへと近付く清水さん。その様子を、固唾《かたず》をのんで見守る。

清水さんがクウの視界に入る位置まで進んだところで、勢いよくクウが水中へと潜った。もちろん、佐伯くんはなんのサインも出していない。

クウは速いスピードでプール内をぐるぐると三周ほどするとこちらに戻ってくる。かと思えばまた潜り、今度は高いジャンプを披露した。

その様子を、あっけにとられたように見ている清水さん。だけどその表情には、恐怖のようなものは浮かんでいない。

やっぱり清水さんは、イルカを見て発作を起こしてしまうわけじゃなかったんだ。

「……ははっ」

跳ねながら泳ぐクウを前に、佐伯くんの笑い声が響く。

「清水さん。クウが今、どんな気持ちか分かりますか？　いえ、一目瞭然ですよね」

清水さんは導かれるように、もう一歩プールサイドへと足を進める。

その瞬間、これまで見たことがないくらいに高く、クウが宙を舞った。キラキラと水しぶきが反射して、その中を楽しそうに飛んでいく。

「あなたに会えて嬉しい。見てほしい、褒めてほしい、遊んでほしい。清水さんなら、クウを見たら分かるんじゃないですか？」

「クウ……」

清水さんは、崩れるようにその場にしゃがみこんだ。その瞳からは、ぼろぼろと大粒の涙が零れ落ちている。

「ごめん、ごめんよ……、本当にごめん……」

クウはこちらに泳いでくると、謝罪の言葉を嗚咽と共に繰り返す清水さんに、ぷかりと水に浮かびお腹を見せた。撫でて、というクウからのサインだ。

清水さんは戸惑いつつも、そっと、白いお腹に手をあてる。震えていたそれは、やがて優しく慣れた動きになり、湿ったクウの肌を撫でていく。

ピィーという高い音が聞こえてくる。クウが超音波を発しているんだ。

イルカたちは、超音波を使って会話をしている。きっとクウは、清水さんに話しかけているんだろう。

会えて嬉しいよ、って。

「僕も、会えて嬉しいよ……」

清水さんにも、クウの声はきちんと届いたみたい。

佐伯くんは静かに、そんな清水さんとクウを見つめていた。


「芽衣さん、ありがとうございました」

清水さんが帰ったあと、佐伯くんとわたしはミスターのいる大水槽の前に並んで座っていた。なんとなく、すぐに帰る気持ちにならなかったのは、彼も同じだったみたいだ。

「わたしに出来ることをしただけだよ」

そんなこと、本当はなんにもないのかもしれない。だけどミスターが、わたしに自信を持たせてくれたから。自分なりに出来ることをしてみようと思えたんだ。

「清水さん、本当に嬉しそうだったね」

クウと心の邂逅を果たした清水さんは、そのあとしばらくクウと遊んでいった。

キャッチボールでは、クウのコントロール力に驚いていた。その能力を引き出した佐伯くんはすごい、と言ってくれて、なんだかわたしまで嬉しくなってしまった。

「俺も、また頑張ろうって思えました」

両手を上へ伸ばした佐伯くんの表情は、すっきりとして見える。わたしも彼と同じように、ぐうっと上に伸びをしてみた。

清水さんが帰り際に言ってくれた「やっぱり、水族館は素敵なところです」というセリフが心の中にあたたかく刻まれている。

清水さんはきっと、またクウに会いに来てくれるだろう。

柔らかく穏やかな気持ちを嚙みしめていると、佐伯くんが「よしっ」と言いながら立ち上がる。

「遅くなっちゃいましたね、送っていきますよ」

優しい瞳に見つめられドキリとしてしまったけれど、わたしは笑顔で首を横に振った。

「今日はもう少し残ってく。佐伯くんたちとクウを見てたら、わたしもここでゆっくり過ごしたくなったんだ」

ミスターと、心ゆくまで話したかった。今日のこと、これまでのこと、これからのこと。とりとめもない話を、ただただ楽しみたい。佐伯くんの申し出は嬉しいけれど、今日はミスターとの時間がわたしには必要で。

「――分かりました」

頷いた佐伯くんは、大水槽を仰ぎ見る。わたしたちが普段、絶対に見ることの出来ない海の中の世界。それを、陸地にいながら疑似体験出来るこの空間は、本当に幻想的だ。

「芽衣さん」

「うん？」

「今度、休みの日に出かけませんか？」

「えっ」

「仕事の話は、一切なしで」

真剣なその表情を目にして、かぁっと顔に熱が集まる。これは、つまり、デートの誘いということ……？

深呼吸を挟み、まっすぐに顔を上げる。緊張したような面持ちの佐伯くんに、わたしはしっかりと頷き返す。

「うん……、楽しみにしてる」

今のわたしに出来る、精一杯の素直。くしゃっと表情を崩した佐伯くんが「よっしゃ！」と小さくガッツポーズをする。それを見て、わたしは思わず笑ってしまった。

「そうですか。清水さんとクウさん、本当に良かったですね」

佐伯くんが帰ったあと。わたしの報告を聞いたミスターは、ほっとしたようにぽこっと大きな泡を吐き出した。

　パフォーマンスショーでのことは生き物たちの中でもちょっとしたニュースになっていたようで、みんなミスターの周りに集まり、彼がわたしの話を通訳すると安心したように戻っていった。

「みなさん、心配されていたんですよ。ペンギンさんや他の水槽のみなさんも気になられていたようで」

「そうなんだ……。別々の水槽にいても、みんな仲間というような気持ちがあるのかな」

「人間のみなさんが、ニュースを見て心を痛めたり心配したり、ほっこりするのと同じ感覚かもしれません。直接会うことはなかなかないですが、同じ世界を生きている同志とでも言いましょうか」

「なるほど。分かりやすい」

　世界は広い。海だって広い。だけど今のわたしたちにとっては、ここが世界の中心だ。小さくて、狭くて、ときに息苦しくもあって。だけど見方を少し変えたら、どこまでも自由で優しくて、心を解き放たせてくれる場所だった。

「まっすぐなお嬢さんのおかげで、わたしはひとりぼっちではなくなりました」

最初は孤立していたミスターも、今ではすっかり他の生き物たちと仲良しだ。さっきのように、こちらのことを通訳してくれる懸け橋のような存在として、生き物たちの間でも頼りにされている。

自然の中でも単独行動をするジンベエザメ。ミスターは海にいた頃も、友達のような存在はいなかったと前に話してくれた。

「水族館は素敵なところですね。少なくともわたしにとっては、素晴らしい場所です。お嬢さんと出会えたのですから」

「わたしも、ミスターと出会えて人生が変わったよ」

ミスターがいなければ分からなかったことがたくさんあった。ミスターが生き物たちの声を届けてくれなかったら、解決出来ないことがいっぱいあった。その中で、自分のことを改めて見つめ直すことが出来た。

「ずっと、イルカトレーナーを目指す自分でいなきゃいけないと思ってきたの」

努力を重ねてきた過去の自分に胸を張れる自分でいなきゃ、って。人生で一番大切なことは夢で、ずっとそれを追い続けていかなきゃ、って。

だけどわたしはもともと、水族館という場所が大好きで、たくさんの人たちが心を動かす瞬間に出会いたくて、この世界で働くことを目指したんだ。

イルカトレーナーはイルカトレーナーで、素晴らしい仕事で。だけど、水族館に広く関われる今のわたしの仕事だって、同じくらい素晴らしい。

いつからか、わたしの夢は形を変えていったみたいだ。

「わたし、蛍石水族館が大好きだな」

自分の気持ちを確認するよう、言葉にしてみる。そうするとぐっと、その思いが自分のものとして輪郭を持ったような気がした。

「この仕事が、大好き」

だからもう一度、心の声に従って口を開く。

優しい瞳で、ミスターがわたしを見つめる。思い切ってそのまま、もうひとつの本心を言葉にした。

「今の自分が、好き」

声と共に、胸の奥底から熱いものが込み上げてくるのが分かった。

――そう。わたしは、今の自分が好き。ずっと目指していたイルカトレーナにはなれていないけれど、飼育スタッフとして働いているわけでもないけれど、蛍石水族館の一員として、たくさんの生き物たちとお客さんを繋ぐことが出来る今の自分のことを、心から愛おしく思っている。

運営部門のスタッフが飼育部門に異動になることは、これまでに前例がない。きっと多分、この先わたしが蛍石水族館のイルカトレーナーになることはないのだろう。

それでも胸を張って、この仕事に誇りを持てる。今の自分を好きだと言える。夢のために努力し続けてきた過去の自分を裏切るように感じていたけれど、きっとそうじゃない。

夢は自分をがんじがらめに縛るものじゃない。夢はいつだって、形を変えていっていい。

今のわたしの夢は、この蛍石水族館で、たくさんの人々と生き物たちの心を繋げていくこと。ミスターと一緒に。

「ミスター、これからもよろしくね」

「こちらこそ、喜んで」

恭しく頭を下げるようにしたミスターと、視線を合わせて笑い合う。

「それじゃあまずは、お嬢さんの恋心を大事に育んでいきましょうか」

「へっ……」

「水族館の生き物たちの間で噂になっていますよ」

「な、何が……？」

「お嬢さんと、イルカトレーナーの彼の恋路の行方が」

「えっ、ええーっ!?」

真夜中の水族館。ミスターの「ほほほっ」という笑い声が、水面の優しい光と共にわたしを照らしていた。

取材協力
横浜・八景島シーパラダイス

この物語はフィクションです。
実在の人物、団体等とは一切関係がありません。
本書は書き下ろしです。

音はつき先生へのファンレターの宛先

〒101-0003　東京都千代田区一ツ橋2-6-3　一ツ橋ビル2F
マイナビ出版　ファン文庫編集部
「音はつき先生」係

ファン文庫

蛍石アクアリウム

2024年10月20日　初版第1刷発行

著　者　音はつき
発行者　角竹輝紀
編　集　定家励子（株式会社imago）
発行所　株式会社マイナビ出版
〒101-0003　東京都千代田区一ツ橋2丁目6番3号　一ツ橋ビル2F
TEL 0480-38-6872（注文専用ダイヤル）
TEL 03-3556-2731（販売部）
TEL 03-3556-2735（編集部）
URL https://book.mynavi.jp/

イラスト　前田ミック
装　幀　山内富江＋ベイブリッジ・スタジオ
フォーマット　ベイブリッジ・スタジオ
ＤＴＰ　富宗治
校　正　株式会社鷗来堂
印刷・製本　中央精版印刷株式会社

 ISBN978-4-8399-8708-4